王长海 甘以诺 编著

山东教育出版社

图书在版编目（CIP）数据

唐诗吟诵基础 / 王长海，甘以诺编著 . — 济南 : 山东教育出版社，2021. 4

ISBN 978-7-5701-1637-9

Ⅰ. ①唐… Ⅱ . ①王… ②甘… Ⅲ . ①唐诗 – 诗歌欣赏 Ⅳ . ①I207.227.42

中国版本图书馆 CIP 数据核字（2021）第 056505 号

TANGSHI YINSONG JICHU

唐诗吟诵基础　　王长海　甘以诺　编著

主管单位：山东出版传媒股份有限公司

出版发行：山东教育出版社

地址：济南市市中区二环南路 2066 号 4 区 1 号　　邮编：250003

电话：（0531）82092660　　网址：www.sjs.com.cn

印　　刷：山东新华印务有限公司

版　　次：2021 年 4 月第 1 版

印　　次：2021 年 4 月第 1 次印刷

开　　本：710 毫米 × 1000 毫米　1/16

印　　张：12.25

字　　数：151 千

定　　价：29.80 元

吟诵，中华传统读书法

——感受母语文化，培养君子之风

上下五千年，悠悠诗词情。古人说：不读诗词，不足以知春秋历史；不读诗词，不足以品文化精粹；不读诗词，不足以感天地草木之灵；不读诗词，不足以见流彩华章之美。从《诗经》开始，历经汉魏六朝，及至唐诗巅峰，宋词妩媚，元曲风流，明诗论理，清词赏情……中国人的每一种心境，似乎都被古诗词吟咏过了。

吟诵是我国几千年来的传统，但凡读书人都会吟诵。只因1912年时民国政府下令废止读经之后，学校才断绝吟诵之声。近年来，随着国学热的升温，人们对吟诵越来越感兴趣。吟诵可以帮助人们更好地理解古诗文，因为我国诗歌的含义不仅通过文字来表达，还通过声调、韵律、节奏、曲调等声音形式来表达。吟诵可以激发学习兴趣，促进记忆。吟诵能让学习者接触真正的中国传统音乐精神，感受母语文化魅力，养成君子之风。

山东省枣庄市的王长海、甘以诺二位同志酷爱古诗词。近几年，他们利用业余时间学习研究吟诵，同时结合多年的积累，参阅大量书籍，编写出《唐诗吟诵基础》和《宋词吟诵基础》。这些篇目既有名家名作，又兼顾一般，体裁多样，内容广泛。尤其“吟诵基础”一编，列举了许多古诗词吟诵的方法和技巧，同时还附有多位名家的66个吟诵音频。吟诵是中华传统读书法，我衷心希望广大青少年能对其继承和发扬，从而为国家的文化建设作出一定的贡献。

首都师范大学教授　徐健顺

2020年5月1日

凡　例

吟诵基础部分

一、吟诵标识。吟诵者对押韵、节奏、平仄的处理，在文中分别用不同的符号予以标明：以黑体字表示韵脚字，以“/”表示吟诵节奏，以“—”和“|”分别表示平声和仄声，以“△”表示入声。

二、本部分附录了古诗词中常见入声字、部分吟诵名家简介以及徐健顺教授等多位名家诗词文的吟诵音频66个（扫一扫第39页二维码，即可学习欣赏吟诵音频）。

目录

第一编　吟诵基础

第二编　唐诗吟诵

第一编 吟诵基础

第一章　吟诵概述

一、吟诵的意义

（一）学习欣赏诗文的需要。中国是一个诗的国度，两三千年以来，我们的先人创作了数量惊人的古诗词，这些诗词体现了中华民族的文化精神和审美情趣，是历代读书人汲取精神营养的重要源泉。所谓“熟读《唐诗三百首》，不会吟诗也会吟”，说的就是学诗要动口。

宋代大儒朱熹主张“读书有三到，谓心到、眼到、口到”。所谓“口到”即是要大声地吟哦、诵读出来。苏东坡说：“三分诗，七分读。”明代李东阳云：“诗必有具眼，亦必有具耳。眼主格，耳主声。”清代曾国藩在家书中说：“君子有三乐。读书声出金石，飘飘意远，一乐也。”这都是先贤们的经验之谈。朱光潜先生说：“写在纸上的诗只是一种符号，要懂得这种符号，只是识字还不够，要在字里见出意象来，听出音乐来，领略出情趣来。……能诵读是欣赏诗的要务。”

读一部戏剧的剧本和看这出戏的演出，读一份菜谱和品尝这份菜谱上的大菜，其感受是完全不同的。默读诗词和吟诵诗词之间的差别也在于此。

读者总要把自己的经历、感受和所读诗文的意境结合起来产生共鸣，才能对诗的理解更加深刻。

（二）创作诗文的需要。中国古典诗歌一般都讲求音节，尤其是近体诗和词。不仅字的多少有定数，句子的长短有定式，且字的平仄有定声。今天用这种文体创作，也必须遵守这三项要求。这是源于音乐母体，便于吟诵的需要。

（三）开展诗教的需要。《论语·泰伯》载："兴于诗，立于礼，成于乐。"就是说欲修身，应先学诗，欲立身，必学礼，欲成性，必学乐。孔子还说"不学诗，无以言"，"入其国，其教可知也，温柔敦厚，诗教也"。诗教，奠定了后世中国文化基本的文学、审美和致思方向。苏轼在《和董传留别》诗中说："腹有诗书气自华。"说的是诗教对塑造人和加强人的涵养的重要性。

南北朝刘勰《文心雕龙》载，"吟咏之间，吐纳珠玉之声；眉睫之前，卷舒风云之色"。宋代陈师道《后山诗话》中说，柳永的词"天下咏之"。叶梦得《避暑录话》中说，西夏归来的使者告诉他，"凡有井水饮处，即能歌柳词，言其传之广也"。明清两朝吟诵尤为发达。吟诵比朗诵更具音乐美。朗诵和吟诵各有所长，不可相互替代。

（四）传承传统文化的需要。著名学者叶嘉莹先生讲："我以为中国古典诗歌之生命，原是伴随着吟诵之传统而成长起来的。古典诗歌中的兴发感动之特质，也是与吟诵之传统紧密结合在一起的。"中国的汉字先天就被赋予了音节美的特性，独体单音节、易表情是它的优势。且从造字之始，汉字就特别注意形、音、义三者紧密结合，这在世界上是独一无二的。

二、吟诵的概念及其分类

（一）吟诵的概念。《现代汉语词典》（第五版）对"吟诵"释义为："泛指读书；谓有节奏地诵读诗文。"2010年中国语文现代化学会吟诵分会成立，正式确定"吟诵"一词的内涵为吟咏诵读。

但是关于“吟诵”概念的解释，学术界仍在热烈讨论之中。首都师范大学赵敏俐教授称吟诵是中华民族传统的读书方式，古诗文的口头创作和表达方式，其源甚古。北京语言大学王恩保教授认为，吟诵是介于念读与歌唱之间的中国古典文学作品的一种口头表现方式，是吟诵者通过声音形象来表达自己所感悟的诗文内容与情感的一种艺术形式。它既是古人的一种读书方法，又是欣赏和创作古诗文的辅助手段。

吟诵有三个特点：一是传统性。其世代相传，面授心悟。二是地方性。中国幅员辽阔，方言种类众多，形成了“南腔北调”的现象。三是即兴性。吟者无谱可依，只凭借自己当时的感兴而发。

（二）吟诵的分类。一是诵读，指以抑扬顿挫的腔调大声朗读或背诵。它能表达古诗文的情意，对汉字的声调、平仄、韵脚、节奏及诗文的情趣都有所体现，诵读没有旋律，不能用音符记录下来。二是吟咏，“吟”是哼唱，“吟诗”就是古代诗人即兴自由唱。它通过延长声腔，把诵读所能传达的内容用乐音表现出来，有音阶和简单的旋律，和吟者心声同步。它没有完整固定的曲谱，只有大致相似的腔调，其展现的重点是诗词的语言美。

三、吟诵的历史发展

吟诵是我国古代读书人诵读诗文的方法，有两三千年的传统。《周礼·春官宗伯》记载，周代的国子之教中有“兴、道、讽、诵、言、语”等读书方法，“兴”是读诗时应具有的一种感发能力，就是“心”。只要心动，就会兴发，就有感动。“道”是引导。“倍文曰讽，以声节之曰诵”，诗不但要背，且读时还要有节奏。“发端曰言，答述曰语。”“言”和“语”是引用诗句以为酬应对答的一种练习。《诗经·大雅·烝民》有“吉甫作诵，穆如清风”。可见“诵”的起源是很早的。《墨子·公孟篇》曰：“诵诗三百，弦诗三百，歌诗三百，舞诗三百。”意谓《诗》三百余篇，均可吟诵，用乐器演奏、歌唱、伴舞。《庄子·天运》：“倚于槁梧而吟。”可见“吟”起源于先秦。“吟”和“诵”在先秦时代都是单音节词，没有组合在一起。

《楚辞》是“吟”出来的，汉赋是“诵”出来的。隋唐时代是中国诗歌吟诵普遍流行的时代，吟诵成了诗人的普遍爱好，成了唐代的一种风尚。五言、七言律诗从初唐到中唐逐渐形成了规则，吟诵的规则也随之逐渐定格。诵后来衍生为朗诵和吟诵两个分支。

明清两朝吟诵尤为发达。后来民国政府下令废止读经之后，学校才断绝吟诵之声。1920年唐文治办无锡国专，大力提倡吟诵。1934年、1948年唐文治两次录制唐调唱片。“唐调”大行于江南，散布自今，也是桐城派吟诵调的一个分支。赵元任先生1920年首次研究吟诵，并写成论文，1922年他录制6首诗词吟诵调。1933年叶圣陶、夏丏尊在《文心》发明使用了中国最早的吟诵符号。20世纪三四十年代，唐文治、夏丏尊、叶圣陶、朱自清等一批学者为恢复传统吟诵方法，做出了很多努力。

1997年陈少松《古诗词文吟诵研究》出版，并在南京师范大学开设吟诵选修课，影响很大。2007年北京师范大学、徐州师范学院等联合成立吟诵诗社。2008年首都高校吟诵传承联谊会成立。2008年江苏常州吟诵列入国家级非物质文化遗产名录，2009年3月常州吟诵的传人确定共9人。

如今，吟诵在我国几乎成了一门绝学，有面临失传的危险。

反观国外，目前在韩国、朝鲜、日本、越南、马来西亚等国家，仍保留着汉诗文吟诵的传统。韩国的一些大学还设置了唐诗宋词吟诵

的专业课程。在日本，吟诵称为诗吟，其各种诗吟团体遍布各地，爱好者成百上千万，不仅爱好者之间经常交流比赛，而且团体之间也经常举行交流大会。

四、如何吟诵

随着当前国学普及工作的展开，如何吟诵古典诗文成了人们关注的热点。吟诵时要注意以下几点：

（一）聆听。吟诵的学习要从听音频慢慢模仿开始，逐步引导和培养兴趣。首先立足于传统吟诵调的学习，逐渐掌握吟诵的基本要领，然后融入自己的意趣。

（二）学吟。吟诵这一古老的读书方式现在仍然在发展变化之中，既要保持古典吟诵的典雅，又要让青少年容易接受。我们认为先学陈琴老师的吟诵，后学徐健顺、陈少松、王恩保、张本义等诸位名师的吟诵，最适合初学者学习和模仿。

（三）举一反三。只有反复吟诵，才能不断提高。吟诵一生，修身养性，乃人生一大乐事。要把学会的吟诵调用在同样的文体上，但是要注意按照字音和含义的不同加以变化。

（四）创调。全国各地的吟诵调千差万别，有的用方言吟诵。吟诵有极大的个性，每个人都有自己的腔调、习惯、理解，这些都会产生不同的吟诵调，只有这样才是真正的吟诵。要在符合吟诵规则的基础上，结合诗人的身世、创作背景、诗词的内容，更好地把握诗词的意蕴，创造出属于自己的吟诵调，当然这需要循序渐进和长期的积累摸索才能做得到。

第二章 吟诵规则与方法

一、押韵

《说文解字》释“韵”字为“和也。从音员声”,《文心雕龙》曰:“异音相从谓之和,同声相应谓之韵。”我国在隋以前无韵书。隋代陆法言首创了韵书《切韵》,后经唐代孙缅修订为《唐韵》,宋代程彭年在前两书的基础上进一步修订为《广韵》。元代末年,阴时夫在平水韵的基础上,考定诗韵为106韵。清代的《诗韵集成》《诗韵合璧》《佩文韵府》等韵书也是106韵,并沿用至今。

押韵是诗歌的基本要素之一,我国的民歌、诗、词、曲无不押韵,所以诗歌又叫韵文。押韵可以使诗歌读起来顺口,听起来悦耳,容易记得住,传得开。

(一)诗的押韵

古体诗的押韵比较自由,隔句押、句句押、平声押、仄声押都可以,一韵到底或换韵都可行。押入声韵的诗词,很多都是表达痛苦、坚韧、感慨、愤懑等情绪的,吟诵入声字要有顿挫凝滞之感。

近体诗一律押平声韵,一韵到底。双句入韵,首句可押可不押。凡韵母相同或相近的字,虽不在同一个韵部,可以通押。押韵的字吟诵时应注意拖长。

如:王之涣《登鹳雀楼》中的韵字“流、楼”,在吟诵时应注意拖长。

登鹳雀楼

王之涣

白日依山尽，黄河入海**流**。
欲穷千里目，更上一层**楼**。

再如：贺知章《咏柳》中的韵字“高、绦、刀”在吟诵时也应当拖长。

咏柳

贺知章

碧玉妆成一树**高**，万条垂下绿丝**绦**。
不知细叶谁裁出，二月春风似剪**刀**。

（二）词的押韵

词的押韵比诗复杂，而且变化很多，这里介绍几种主要的。

1. 押平韵格的词。其和近体诗的押韵方式相同，一韵到底，这在词中居大多数。如蔡伸《十六字令》：

天！休使圆蟾照客**眠**。人何在？桂影自婵**娟**。

押平声韵的词牌有《浪淘沙》《江南春》《江城子》《浣溪沙》《长相思》《采桑子》《朝中措》《鹧鸪天》《临江仙》《破阵子》《满庭芳》《水调歌头》《八声甘州》《沁园春》等。

2. 押仄韵格的词。如秦观《好事近·梦中作》：

春路雨添花，花动一山春**色**。行到小溪深处，有黄鹂千**百**。
飞云当面化龙蛇，夭矫转空**碧**。醉卧古藤阴下，了不知南**北**。

押仄声韵的词牌有《如梦令》《天仙子》《生杏子》《点绛唇》《霜天晓角》《卜算子》《忆秦娥》《声声慢》《念奴娇》《鹊桥仙》《蝶恋花》《青玉案》《苏幕遮》《桂枝香》《水龙吟》《渔家傲》《永遇乐》等。

3. 押平仄韵转换格的词。如王安石《菩萨蛮》：

数间茅屋闲临**水**，窄衫短帽垂杨**里**。花是去年**红**，吹开一夜**风**。　　梢梢新月**偃**，午醉醒来**晚**。何物最关**情**？黄鹂三两**声**。

“水、里、偃、晚”押仄声韵。“红、风、情、声”押平声韵。

押平仄韵转换格的词牌有《南乡子》《调笑令》《菩萨蛮》《更漏子》《喜迁莺》《清平乐》《虞美人》等。

词既可以押平声韵，也可以押仄声韵。一首词里也允许同时押平声韵和仄声韵。有兴趣的朋友，可以参看龙榆生编著的《唐宋词格律》等书。

附录　古诗词中常见的入声字

一画：一 乙

二画：七 八 十 入 力 卜

三画：夕 习 及 与

四画：六 日 月 不 木 曰 尺 历 忆 扎 仆 什 切 乏

五画：汁 白 叶 发 石 玉 节 北 立 灭 出 扑 术 末
乐 疋 目 只 约 失 击 札 凸

六画：百 宅 合 竹 曲 回 划 压 协 伏 各 杂 吃 伐
级 夺 色 夹 执 毕 决 达 吉 列 杀 则 朴 托

七画：识 阿 别 作 局 足 即 没 角 伯 却 极 麦 彻
谷 折

八画：泊 杰 刮 服 牧 屈 刻 析 昔 学 迭 择 泽 责
的 闸 织 易 侄 若 竺 忽 拔 炙 卓 物 卒 侧
胁 抹 岳 直 押 泣 拙 国 侠 迪 驿 拂 拘

九画：客 复 绝 突 勃 独 度 适 恰 觉 柏 药 罚 挖
剥 说 贴 食 拾 蚀 叔 轴 急 阅 活 洛 笃 思
阁 促 酌 浊 茁 柒 结 洁 拭 迹 峡 匣 骨 咽
毒 咳 俗 阂 荚 浑 屋

十画：席 疾 郭 读 索 绿 值 屐 积 息 笔 啄 悦 莫
浥 逐 贼 捉 卓 缺 敌 格 烛 哭 轼 铎 恶 铁
烈 浙 屑 绦 翕

十一画：宿 鹿 雀 雪 得 欲 笛 族 绩 惜 著 着 揖
越 脱 粒 笠 敕 勒 鸭 接 菊 脚 属 熟

十二画：寂 答 塔 落 鸽 插 跌 栗 幅 辍 淑 湿 跋
植 割 阔 雳 戟 悉 辑 掣 腊 裂 福 黑 筑
博 凿 蛱

十三画：塞 阖 媳 漠 阙 慕 瑟 谪 歇 叠 隔

十四画：密 滴 碧 箬 蜡 碣 漫

十五画：额 德 踏 墨 樾 撒 踢 碟

十六画：鹤 橘 辙 薄 凝 薛

十七画：簇 壑 濯 瀑

二十画：籍

二十一画：霹

二、平仄

（一）四声

汉字的四声，是由于字音的高低、升降、长短的不同而形成的。例如声母m和韵母a，拼起来就有四种不同的声调：妈（mā）、麻（má）、马（mǎ）、骂（mà）。

为了说明普通话音高的变化，可以采用五度制声调符号，用下图表示。

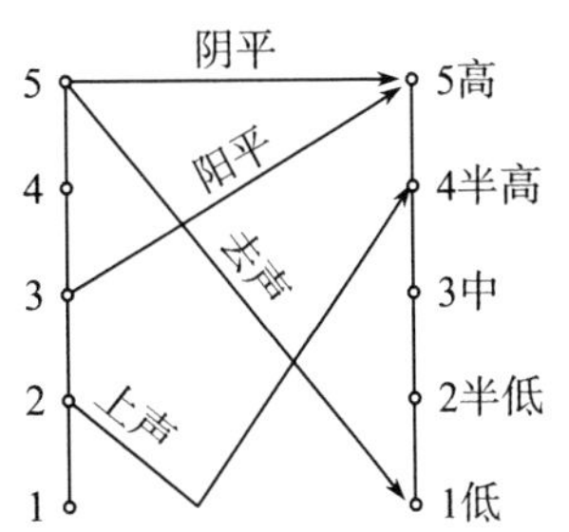

一声（阴平）高平调，调值是55。

二声（阳平）中升调，调值是35。

三声（上声）降升调，调值是214。

四声（去声）全降调，调值是51。

举例说明普通话的四声：

清晴请庆　　曲渠取趣　　乎胡虎户　　昌常场唱

吃迟耻斥　　诗实史示　　包雹宝报　　鸭牙雅亚

坡婆叵破　科壳可课　抽绸丑臭　辉回悔会

川传喘串　猜才采菜　村存忖寸　刀捯岛道

多铎躲垛　方妨访放　飞肥匪废

古代汉语四声与现代汉语四声有所差别。

平声：包括普通话中的阴平和阳平。

上声：即第三声。古汉语里一部分上声字，按照今天的读法已变成了去声字。

去声：即第四声。古汉语中的一小部分去声字，按照今天的读法已变成了上声字。

入声：古代汉语中入声字读音非常短促，现在已变为普通话中的四声。但在浙、皖、闽、赣、粤等地方言中，入声字还有保留。

四声和韵的关系是很密切的。在韵书中，不同声调的字不能算是同韵。在诗词中，不同声调的字一般不能押韵。我们要特别注意一字两读的情况。

辨别四声是辨别平仄的基础。

（二）诗的平仄

人们把四声分为平仄两大类。平就是平声，包括普通话里阴平和阳平。仄就是上去入三声。仄，按字义解释，就是不平的意思。讲究平仄是格律诗最主要的特色之一。古体诗对诗句中平仄安排的要求虽然不是很严格，但大体也要安排得适当，才能使诗句声调高低起伏，富有音乐性，以增强艺术效果。

平仄在诗词中是怎样交错的呢？可以用一句话概括，即平仄在本句中是交替的，在对句中是对立的。

如白居易《问刘十九》“绿蚁新醅酒，红泥小火炉”，这两句诗的平仄是：仄仄平平仄，平平仄仄平。

再如刘禹锡《酬乐天扬州初逢席上见赠》“沉舟侧畔千帆过，病树前头万木春”，这两句诗的平仄是：平平仄仄平平仄，仄仄平平仄仄平。

在近体诗中，每句中的各个节奏之间的平声、仄声交错使用的情况叫作平仄交错。每一联出句和对句之间，凡是作为节奏使用的平仄声字，两句要互相对立，不能相同，这叫平仄对立。上联对句和下联出句之间，作为节奏的平仄声字要相同，这叫平仄相粘。

平仄交错使每一句诗的韵律都具有起伏变化，而平仄的粘对则构成了诗的整体韵律的反复变化，这为吟诵打下了良好基础，提供了广阔的空间。

（三）词的平仄

词的特点之一就是全部用律句或基本上用律句，以七言和五言律句最为明显。有些词就是从七绝或七律转换而来的，如《浣溪沙》共四十二字，由六个律句组成。下阕开头用对仗，与律诗颈联用对仗相同。其他句式格律如下：

二字句。一般第一字平声，第二字仄声，而且常常是叠句，如“团扇，团扇”。

三字句。以七言律句或五言律句的三字尾为句。即平平仄、平仄仄、仄平平、仄仄平。平仄仄如“花弄影”，仄平平如“左牵黄”。两个三字律句用在一起如“青箬笠，绿蓑衣”。

四字句。就是用七言律句上四字为句。即平平仄仄、仄仄平平。仄仄平平如“怒发冲冠”。两个四字律句连用如“乱石穿空，惊涛拍岸”。

六字句。就是四字句的扩展，把平起变为仄起，仄起变为平起，扩展成六字句。即平平仄仄平平，仄仄平平仄仄。仄仄平平仄仄如“我欲

乘风归去”。两个六字律句连用如“七八个星天外，两三点雨山前”。

八字句。往往是上三字下五字。第三字与第五字往往平仄相对，下五字一般用律句，第三字用平声，如“莫等闲、白了少年头”。

九字句。往往有三种格式，即上三下六、上六下三、上四下五。一般有两个律句组成，至少下六字或下五字是律句。如“浪淘尽、千古风流人物”。

十一字句。常见的两种格式，往往是上四下七或上六下五，下五字往往是律句，如“不知天上宫阙，今夕是何年”。

三、对仗

（一）诗的对仗

诗词中的对偶，也叫作对仗，俗称对子。古代的仪仗队是两两相对的，这是“对仗”这个术语的来历。在诗词中，一联的出句（上句）和对句（下句）成为对偶的，叫对仗句。

在对仗句里，有自对和句对之分。自对即在本句内对仗，如杜甫《清江》:“自来自去梁上燕，相亲相近水中鸥。”与对句相对仗的，称为句对，如崔涂《旅怀》:“蝴蝶梦中家万里，杜鹃枝上月三更。”再如李白《独坐敬亭山》:“众鸟高飞尽，孤云独去闲。”

对仗是中古时期诗歌格律的主要特点之一。它是把表示相同或对立的概念放在同一联两句相对应的位置上，使之呈现出相互映衬的状态，进而使语句更具有韵味，更能增强词语的表现力。

对仗是由汉魏时代的骈偶文发展而来的。

对仗的一般规则，是名词对名词，动词对动词，形容词对形容词，副词对副词。实际上，名词还可以细分为若干类，同类名词相对被认为是工整的对偶，简称“工对”。如山对海、雨对风、花对草、阁对楼等；根据习惯，莺声对草色、诗千首对酒一杯也算工对。宽对是指句型相同、上句与下句相对应的词词性相同的对仗，它不要求名词的小类相对，如烟对井、潮对剑、杖对琴等。又如天下计对老臣心、青天外对白鹭洲，其词性、词组对得不那么工整，也叫宽对。介于工对与宽对之间的还有邻对，是指名词小类中相邻两个小类的名词的对仗。名词可细分为天文、时令、地理、宫室、服饰、器用、植物、动物、人伦、人事、形体等。如雨（天文）对秋（时令），村（地理）对露（天文），柳（草本）对莺（鸟兽）等。不论工对、邻对，还是宽对，词或词组平仄都是对立的。

对仗可使诗句在形式上和意义上都显得整齐匀称，给人以强烈的美感。汉语的特点特别适宜于对偶，因为汉语单音词较多，即使是复音词，其中的词素也有相当的独立性，容易造成对偶。单音节词如：天、江、牛、黄、出、册、肥等。双音节词如：乡村、新娘、夏天、主流、审美等。

对仗还有几种特殊形式。依照对仗内容分为事对、言对、正对、反对等各种类型，对仗还可分为当句对、流水对、借对等。

1. 当句对（句中对）。在诗句中，一些字词同另一些字词相对，有时字数并不相等。如“山重水复疑无路，柳暗花明又一村”中的“山重”对“水复”，“柳岸”对“花明”。如“青山簇簇水茫茫”中的“青山簇簇”对“水茫茫”。

2. 流水对（走马对）。上下两句的意思连贯一气，一般有承接、递进、转折、假设、因果等关系，单独一句不能把意思表达出来或不能完全表达出的，叫流水对。如“野火烧不尽，春风吹又生”“即从巴峡穿巫峡，便下襄阳向洛阳”。

3. 借对。借字义的，如“酒债寻常行处有，人过七十古来稀”

中，七尺或八尺为寻，二寻为常。故“寻常”对“七十”。借音的，如“因荷（何）而得藕（偶）”对“有杏（幸）不须梅（媒）”，这种谐音对妙趣横生，很有意思。

4. 错综对。对仗时字词位置不是依次相对，而是交错相对。如“裙拖六幅湘江水，鬓耸巫山一段云”，“六幅”对“一段”，“湘江”对“巫山”。

5. 扇面对（隔句对）。在诗中，单句与单句对，双句与双句对就是扇面对。如白居易《夜闻筝》中的四句：“缥缈巫山女，归来七八年。殷勤湘水曲，留在十三弦。”

此外还有领字对、领句对、押韵对等。

（二）词的对仗

词的对仗，有固定对仗的，有一般对仗的，还有自由对仗的。

固定对仗的，如张孝祥《西江月·丹阳湖》上下阕的前两句“问讯湖边春色，重来又是三年”“世路如今已惯，此心到处悠然”。

一般对仗的，如晏殊《浣溪沙》下阕头两句“无可奈何花落去，似曾相识燕归来”。再如刘克庄《沁园春》上阕的二三两句“登宝钗楼，访铜雀台”，第八九两句“天下英雄，使君与操”。

凡前后两句字数相同的，都有用对仗的可能。例如贺铸《忆秦娥》上下阕末两句“凌波人去，拜月楼空”“吹开吹落，一任东风”。苏轼《水调歌头》上阕五六两句“我欲乘风归去，又恐琼楼玉宇”，下阕六七两句“人有悲欢离合，月有阴晴圆缺”等。这些地方用不用对仗完全是自由的。

词的对仗，有两点和律诗不同。第一，词的对仗不一定要以平对仄或仄对平。如苏轼《江城子》“左牵黄，右擎苍”。“左”对“右”就是仄对仄，“牵”对“擎”、“黄”对“苍”则是平对平。第二，词的对仗可以允许同字相对。如李清照《一剪梅》“才下眉头，又上心头”。

词的对仗是把表示相同或对立概念的词语放在同一联两句相对应的位置上，使之呈现出相互映衬的状态，进而使语句在吟诵中更具有韵味，更能增强词的表现力。

四、用典

（一）诗的用典

古诗词篇幅短小，想用最少的字来表达丰富含蓄的内容和思想就比较难。用典就成了最常见的修辞手法之一。用典，即在诗词中引用古代名人、历史故事、神话传说、经史子集、民谣俗谚中的语句或事实。用典可以使诗词意蕴丰富，更形象生动，提高作品的表现力和感染力。

有人说唐诗中有十大用典，有高山流水、鸿雁传书、昭君出塞、杜鹃啼血等。这里举几个用典的例子：

1. 杜鹃啼血。杜鹃即子规鸟，别称杜宇、望帝，啼声悲切。后世以“杜鹃啼血”喻指思念家乡、忧国忧民、惆怅恨世的心情。如沈佺期《夜宿七盘岭》“芳春平仲绿，清夜子规啼”。诗人望着浓绿的银杏树，听见杜鹃的悲啼，表达了一种独宿异乡的愁思和惆怅。

再如李白《宣城见杜鹃花》“蜀国曾闻子规鸟，宣城又见杜鹃花”。诗人从杜鹃花、子规鸟联想到家乡，表达了对故国深深的思念之情。

2. 精卫填海。典出《山海经》：“炎帝之少女名曰女娃，女娃游于东海，溺而不返，故为精卫。常衔西山之木石，以堙于东海。”精卫锲而不舍的精神，宏伟的志向，以及善良的愿望，受到人们的尊敬。陶渊明《读〈山海经〉》“精卫衔微木，将以填沧海”就热烈赞扬精卫敢于向大海抗争的悲壮战斗精神。唐诗中对“精卫”多有提及，如岑参《精卫》“玉颜溺水死，精卫空为名”和温庭筠《公无渡河》“愿持精卫衔石心，穷取河源塞泉脉”。

3. 贾谊。又称贾太傅、贾长沙、贾生。西汉初年著名的政治家、文学家。贾谊十八岁就闻名于郡里，在郡守的推荐下被汉文帝召为博士，后遭群臣忌恨，被贬为长沙王太傅。唐诗中常见“贾长沙”“贾傅”等，用作怀才不遇、忠贤遭忌的典故。

张九龄《酬王六寒朝见诒》“贾生流寓日，扬子寂寥时”，以贾谊遭贬比喻王六。杜甫《发潭州》“贾傅才未有，褚公书绝伦”来自比贾谊。

4. 梁甫吟。即《梁甫吟》，也作《梁父吟》，乐府相和歌辞楚调曲有诸葛亮《梁父吟》。李勉《琴说》认为，《梁甫吟》是曾子编撰。梁甫是山名，又名梁父，是泰山下的小山。唐诗中用《梁甫吟》、《梁父吟》、“梁父”来代指意境悲凉的诗作。

张九龄《陪王司马登薛公逍遥台》“曾是陪游日，徒为梁父吟”，诗人以此借指自己的创作追怀薛公的诗作。杜甫《登楼》“可怜后主还祠庙，日暮聊为梁甫吟”，诗人从后主联想到诸葛亮和《梁甫吟》，并以《梁甫吟》代指本诗。

学习诗词用典，可以使吟诵者更好地把握诗词作者的真实心境，从而更好地把他们心里的感受表达出来。

（二）词的用典

词的用典，有用事和引用前人的诗句两种。用事是借用历史故事来表达作者的思想感情，包括对现实生活中的某些问题的立场、态度、个人情绪和愿望等等，属于借古抒怀。如辛弃疾在《永遇乐·京口北固亭怀古》中成功地运用了五个人的典故：孙权、刘裕、刘义隆、佛狸、廉颇。词人借助这些典故含蓄自然而又充分地表达了自己的思想感情。

苏轼在《江城子·密州出猎》“持节云中，何日遣冯唐”中引用了一个典故。这时诗人身在密州，怀才不遇、壮志难酬，以魏尚自喻，希望有一天，朝廷也能派像冯唐这样的人前来，抒发渴望报效国家的壮志豪情。再如辛弃疾《破阵子》中，“八百里”“的卢”两个典故创造了一个雄奇的意境，让读者仿佛看到战争爆发前犒劳出征将士的壮观场面和战场上铁骑飞驰敌阵的激烈场景，极具穿透力。

李贺的《金铜仙人辞汉歌》中有“衰兰送客咸阳道，天若有情天亦老”的诗句。宋代的孙洙在《何满子·秋怨》里引用过“天若有情天亦老，摇摇幽恨难禁”。欧阳修《减字木兰花》中有“伤怀离抱，天若有情天亦老。此意如何，细似轻丝渺似波”的句子。这种引用或化用前人的诗文歌赋，目的是加深诗词中的意境，促使人联想而寻意于言外，收到言简意丰、耐人寻味的效果，并且增强了作品的表现力和感染力。

五、节奏

合乎规律的重复形成节奏。自然界有四季更替、昼夜交替、月的圆缺、花儿开谢、水的波荡、山的起伏……语言也可以形成节奏，每个人说话的声音高低、强弱、长短等都有固定的习惯，可以形成节奏感。

汉语里一个字为一个音节。四言诗节奏比较紧凑，五、七言诗则显得活泼，其奥妙也在音节的组合上。汉语多由两个字构成节奏单位，诗词的节奏也多由句中字与词平仄交互安排和相互押韵所致。吟

诵时利用句意形成的句式加上诗文平仄和韵字构成的规律，形成长短相间的节奏。

节奏，是吟诵的要素，即平仄音节随着句式的长短、韵字的交互出现、诗词句意的变化而有一定规律的长短强弱、徐疾顿挫交替组合形成的乐感。南朝钟嵘《诗品》提出“须歌之抑扬”“有金石宫商之声”。即吟诵要音节响亮，节奏鲜明，有抑扬顿挫，铿锵悦耳如金石之声。

沧浪歌

沧浪之水/**清**兮，可以/濯我**缨**。
沧浪之水/**浊**兮，可以/濯我**足**。

这种“四一”“二三”句式的吟唱（兮字为虚字），有规律的回环，加上语气词“兮”的提示和长音，形成了节奏。第一句的“缨”和“清”互押，第二句“足”和“浊”互押，加强了这首诗的节奏和感染力。

弹琴

刘长卿

泠泠/七弦/上，静听/松风/**寒**。
古调/虽自/爱，今人/多不/**弹**。

上述五绝为“二二一”格式，读来回味悠长。孟浩然的《春晓》为“二三”格式。五绝中最常见的为“二一二”格式等。

早发白帝城

李　白

朝辞/白帝彩云**间**，千里江陵/一日**还**。
两岸猿声/啼不住，轻舟/已过万重**山**。

七言绝句节奏，主要有“四三”“二五”两种格式。

题破山寺后禅院

常　建

清晨/入/古寺，初日/照/高**林**。
曲径/通幽/处，禅房/花木/**深**。
山光/悦/鸟性，潭影/空/人**心**。
万籁/此俱/寂，惟闻/钟磬/**音**。

上述五言律诗第一联、第三联为“二一二”格式，第二联、第四联为“二二一”格式。

五言律诗的格式多样，如王勃《送杜少府之任蜀州》为“二二一”格式，白居易《赋得古原草送别》为“二三”格式等。

秋兴八首（其一）

杜　甫

玉露/凋伤/枫树**林**，巫山/巫峡/气萧**森**。
江间/波浪/兼天/涌，塞上/风云/接地/**阴**。
丛菊/两开/他日/泪，孤舟/一系/故园/**心**。
寒衣处处/催/刀尺，白帝城高/急/暮**砧**。

上述七律第一联为“二二三”格式，第二联、第三联为“二二二一”格式，第四联为“四一二”格式。

七言律诗的格式多样，如白居易《钱塘湖春行》第一联为“二二二一”格式，第二联、第三联、第四联出句为“二二一二”，第四联对句为“二二二一”格式。李贺《雁门太守行》第一联、第二联为“二二二一”格式，第三联、第四联对句为“四三”格式，第四联出句为“二五”格式。李商隐《无题》（相见时难别亦难）八句均为“二二二一”格式。

对同一首诗词，吟诵者不同，也可能有不同的节奏格式，这也是一种正常现象。

但是词还有一些特殊节奏。

词的四字句可以是“一三”格式，例如张孝祥《六州歌头》“念腰间箭，匣中剑，空埃蠹，竟何成”，其中的“念腰间剑”就是这种情况。

词的五字句还有“一四”格式，例如陆游《沁园春》“有渔翁共醉，溪友为邻”，其中的“有渔翁共醉”就是这种格式。

词的七字句也可以是上三下四，八字句往往是上三下五，九字句往往是上三下六或上四下五，十一字句往往是上五下六或上四下七。

六、依字行腔、依义行调

（一）依字行腔

腔，常指一个地区典型的方言习惯。吟诵者要按照诗文字词的本音，以平长仄短、平低仄高的方式，还原诗文的音节，做到字正腔圆。字正，指在行腔时，不能为了行腔的需要，将字的本音随预先设定的声调旋律改变，即不能“倒字”。腔圆，指吟诵字词时，必须将诗文字词的字头即声母和字尾即韵母完全唱出，做到音节浑厚饱满，有韵味。

腔音是中国音乐体系的特征，吟诵时要学会控制自己的音量，随时变化大小，声断意连，以传情达意。同时，音高也要随时变化，一方面依字行腔，用这种腔音表示字音的声调，另一方面也是在表达情感。戏曲和说唱曲艺都是腔音唱法，可以学习借鉴。腔音唱法讲究气沉丹田，吐气发声。我们的汉语是旋律型声调语言，汉语的传情达意，全在开合、声调、音量的婉转变化上。

（二）依义行调

调，多指高低长短配合和谐的组音。由于吟诵和音乐的紧密关系，使得各地的吟诵在发展过程中，形成了无数的腔调，从而丰富了古诗文吟诵的文化宝库。

用普通话吟诵古诗词，必须更多采用北方方言的腔调，平长仄短、平低仄高是一般规律，有时往往因音律和内容的需要对个别平声字做高音处理。

在传统吟诵中，遇到感情特别需要强调或感觉旋律不顺畅时，往往做咏叹式的诵念，所念的字大多是仄声字。仄声用断腔，指在吟诵过程中，字断声断。在以仄声字做句尾或句读的节奏点时，戛然断开，作或长或短的休止之后，再以该字的韵母作衬腔，或加“呀、啊、呜”等衬字与后面的声调相连接，关键是做到“声断气连”。

七、开口音、闭口音

音韵学有“四呼”的说法，是以韵头和韵腹来定义的，但是吟诵更主要的是拖长韵腹和韵尾，所以我们所说的开口音和闭口音，与所

谓“四呼”不同。

开口音是以a、o为韵尾，或者在没有韵尾的情况下，a、o是韵腹的字音，比如：家（jiā）、桥（qiáo）、塔（tǎ）等。诗中用开口音，吟诵时主要是突出开朗豪放的情绪。

如：刘禹锡《乌衣巷》是一首仄起的七言绝句，用的是“麻（a）”韵，这个韵比较单纯直白，吟诵时，当寓无限感慨。

乌衣巷

刘禹锡

朱雀桥边野草**花**，乌衣巷口夕阳**斜**。

旧时王谢堂前燕，飞入寻常百姓**家**。

闭口音是指u、ü为韵尾，或者在没有韵尾的情况下，u、ü是韵腹的字音，比如：流（liú）、缕（lǚ）等。诗中用闭口音，吟诵时表现出细腻缠绵或幽远含蓄的情绪。

如：白居易《问刘十九》是一首仄起的五言绝句，用的是“模（u）”韵，比较含蓄，吟诵时要表达出来。

问刘十九

白居易

绿蚁新醅酒，红泥小火**炉**。

晚来天欲雪，能饮一杯**无**。

另外还有齐齿音，是指以i为韵腹的字音，比如：离（lí）、京（jīng）、引（yǐn）等。吟诵时要表现得细腻低回。如：杜甫《江畔独步寻花》（其六）。

江畔独步寻花（其六）

杜 甫

黄四娘家花满**蹊**，千朵万朵压枝**低**。
留连戏蝶时时舞，自在娇莺恰恰**啼**。

八、叶音、破读

（一）叶（xié）音

也叫叶韵，是古代的一种特殊的音注方法。魏晋时，有些学者因按照当时的语音读《诗经》，感到好多诗句韵脚不谐，便以为作品中某些字音须改读，故称为叶音。

宋代大儒朱熹对《诗经》的古音进行了全面的探索，创立了叶音学。叶音对吟诵十分重要，一是和谐音韵的需要，韵若不谐，则诗词必将极大地失去魅力；二是朗朗上口，便于记忆；三是以叶音法吟诵古诗词，已流传至少千年。如：

我行其野（shǔ），蔽芾其樗。
昏姻之故，言就尔居。
尔不我畜，复我帮家（gū）。

——《诗经·我行其野》

白头搔更短，浑欲不胜簪（zēn）。

——杜甫《春望》

远上寒山石径斜（xiá），白云生处有人家。

——杜牧《山行》

早知潮有信，嫁与弄潮儿（ní）。

——李益《江南曲》

（二）破读

又称异读、读破、句破。所谓破读就是用改变字词的读音以区别该词不同意义或词性的一种方法。有的汉字除了常见的音节之外，还有一种或多种读音，这种现象自古以来一直存在。如：

鼓瑟鼓琴，和（hè）乐（yuè）且湛（chén）。

——《诗经·鹿鸣》

今我来思（sì），雨（yù）雪霏霏。

——《诗经·采薇》

风吹草低见（xiàn）牛羊。

——南北朝《敕勒歌》

但使龙城飞将在，不教（jiāo）胡马度阴山。

——王昌龄《出塞》

日照香炉生紫烟，遥看（kān）瀑布挂前川。

——李白《望庐山瀑布》

破读还有以下几种：

（1）通假字。就是“通用、借代”，即用读音相同或相近的字来互相替代。例如：冯（凭）、支（肢）、属（嘱）、有（又）等。

（2）习惯性破读。例如：厦（xià）、绿（lù）、六（lù）、杯（bāi）、他（tuō）等。

（3）官制名称。例如：仆射（yè）、洗（xiǎn）马、单（chán）于、可汗（kè hán）等。

（4）人名用字。例如：傅说（yè）、胶鬲（gē）、皋陶（yáo）、墨翟（dí）、伍员（yún）、刘长（zhǎng）卿、陆务观（guàn）等。

第三章　古诗的吟诵

诗歌包括古体诗和格律诗（近体诗）。古体诗是相对于格律诗而言的诗体。格律诗兴起之前的各种诗体统称古体诗，也包括唐以后诗人摹拟各种形式的古体所写的诗歌。

一、古体诗的吟诵

（一）古体诗的体裁

古体诗写作自由，不严格讲究对仗、平仄，押韵较宽，篇幅不限。其体裁主要有：

1. 四言诗：如《诗经》、曹操的《观沧海》等。

2. 五言诗：如《古诗十九首》、汉乐府《长歌行》、杜甫《石壕吏》等。

3. 七言诗：包括唐以前和唐以后拟作的古体七言诗，如张若虚《春江花月夜》、崔颢《登黄鹤楼》等。

4. 杂言诗：一般为三、五、七言相杂，而以七言为主，故习惯上往往将其归入七古一类。如汉武帝《秋风辞》、杜甫《茅屋为秋风所破歌》等。

5. 骚体诗：这一诗体因屈原的《离骚》而得名。这种诗体一般篇幅较长，句子可长可短，形式比较自由，且句中多夹以“兮”“些（suò）”等虚字。如《九歌·国殇》、《沧浪歌》、张衡《四愁诗》等。

6. 古绝：是一种只有四句的古体诗，一般五言四句，不受平仄、对仗等限制，多押仄韵。汉魏六朝出现的这种诗体，唐以后往往有拟作。如孟浩然《春晓》、柳宗元《江雪》等。

（二）古体诗的吟诵要点

1. 做好文案准备工作。包括识字、辨韵、句式、节奏、明意等方面的工作。

2. 吟诵《诗经》《离骚》等先秦作品可用普通话，要注意疑难字的识读，如对入声字、叶音字、破读字进行标注读音。

3. 吟诵时要做到字正意明，尽量悦耳美听。古体诗的声调以语言气势为主，而格律诗的声调则以文字的平仄为主，这种声调和气势一般追求高古。

关雎

《诗经·周南》

关关雎**鸠**，在河之**洲**。窈窕淑女，君子好**逑**。
参差荇菜，左右**流**之。窈窕淑女，寤寐**求**之。
求之不**得**，寤寐思**服**。悠哉悠哉，辗转反**侧**。
参差荇菜，左右**采**之。窈窕淑女，琴瑟**友**之。
参差荇菜，左右**芼**之。窈窕淑女，钟鼓**乐**之。

这是一首古代的男女恋歌。从雎鸠和鸣起兴，形象地描写了青年求偶的过程。四言句，每两个字构成一个节奏单位，吟诵时节奏点上的字音宜作适当停顿，以显示鲜明的节奏。本诗韵式多样，吟诵时韵字或读得响亮一些，或拖得长一点。全诗分五节。根据诗意，第一、二节吟诵时宜节奏轻快，音调高昂一些。第三节宜放缓节奏，音调低

沉一些。第四、五节吟诵时节奏再度轻快，音调再度高昂。结句破读“乐（yào）”字，拖长“之”子。

与诸子登岘山

孟浩然

人事有代谢，往来成古**今**。
江山留胜迹，我辈复登**临**。
水落鱼梁浅，天寒梦泽**深**。
羊公碑字在，读罢泪沾**襟**。

诗人登临岘山，凭吊羊公，诗中隐含了不能用世之感伤。吟诵时，平声字“登”要强调，入声字“迹、复、落、泽、罢”读短音。

金陵酒肆留别

李　白

风吹柳花满店**香**，吴姬压酒劝客**尝**。
金陵子弟来相送，欲行不行各尽**觞**。
请君试问东流水，别意与之谁短**长**。

这首七古有歌行体的特点，用的是“阳（ang）”韵，非常开朗，而且声韵流畅。诗中用的基本上是口语，诗所表达的情感也很真诚潇洒，吟诵时要体现出来，入声字读短音。

鹿柴

王　维

空山不见人，但闻人语响。
返景入深林，复照青苔上。

这是一首五言古绝，押仄声韵。首句“山”字宜长吟，显示空山的宁静幽美。第二句平声“闻”字和韵字“响”要长吟。第三句“深、林”适当长吟，以表现森林的宽阔幽深。末句“上”是仄声，因是韵字，可以适当长吟。“不、入、复”三个入声字要短促。本诗的感情基调是优雅从容，闲适自得。

送元二使安西

王　维

渭城朝雨浥轻尘，客舍青青柳色新。
劝君更尽一杯酒，西出阳关无故人。

这首诗后两句没有遵守格律的要求，而是基本重复了前两句的平仄，应该说是一首七言古体诗。吟诵时应拖长的字是“城、轻、尘、青、新、君、杯、关、人”，入声字读短音。此诗意境高远，深沉含蓄，千年以来，传唱不衰，吟诵时要体现出诗人的惜别之情。

望岳

杜　甫

岱宗夫如何？齐鲁青未了。
造化钟神秀，阴阳割昏晓。
荡胸生曾云，决眦入归鸟。
会当凌绝顶，一览众山小。

这首五言古诗，应是现存杜诗中年代最早的一首，体现了青年杜甫的朝气和心胸，是真正的盛唐之音，是咏泰山的绝唱。吟诵时奇数句尾字的音调要上扬一些，偶数句的句尾音调要下抑，这样可以形成抑扬顿挫之感。入声字“割、决、入、绝、一”读短音。

黄鹤楼

崔　颢

昔人已乘黄鹤去，此地空余黄鹤楼。
黄鹤一去不复返，白云千载空悠悠。
晴川历历汉阳树，芳草萋萋鹦鹉洲。
日暮乡关何处是？烟波江上使人愁。

这首诗是崔颢的代表作，极负盛名。此诗通过黄鹤楼的传说与景物描写，表达了游子的愁思。吟诵时颔联的“悠悠”要长吟，行腔渐行渐远，忧戚的情绪更加浓厚。颈联对仗工整，吟诵时要体现出这种对仗。吟诵的结尾应该是忧伤的，在低沉的旋律中结束。其他韵字要长吟，入声字读短音。

二、格律诗的吟诵

格律诗（简称律诗），是指隋唐以后出现的格律诗体，包括五绝、七绝、五律、七律和排律。词和曲都是近体的，也是有格律的。

（一）律诗的格律内容

每句都是五个字或每句都是七个字。

只能押平声韵。

律诗首句可以押韵，也可以不押韵，二、四、六、八等偶句必须押韵，三、五、七等奇句必须用仄声字结尾。

律诗的中间两联必须对仗，首尾两联可对仗，也可不对仗。绝句两联都是可对仗可不对仗。

律诗每句的第一、三、五字的平仄可以放宽，二、四、六的平仄是有规定的。这些规定是：

同句相间，即同一句的第二、四、六字的平仄必须相间，即平仄平，或仄平仄。

同联相对，即同一联的两句，其第二、四、六字的平仄必须相反。

邻联相粘，即不是同联而又相邻的两句其第二、四、六字的平仄必须相同。

如此一来，格律诗的平仄规律就构成了一个完美的对称体。

五绝、七绝和五律、七律平仄格式分别有平起平收、平起仄收、仄起平收、仄起仄收等四种。所谓仄起或平起，是指首句的第二个字是仄或是平。所谓仄收或平收，是指首句末一个字是仄或是平。

（二）律诗的吟诵要点

1. 律诗皆押平声韵，韵脚音节要拖长，最好要做到有余音不绝

之感。

2. 律诗中间两联对仗句，吟诵时要使上下句子字词调式呼应。

3. 依字行腔，充分发挥原诗字词固有音节的乐化效果。

4. 对于仄声字，吟诵时要读短音，或戛然断开或“断”开后，衬以字、音，要认真处理好。

5. 要有节奏感。

终南望余雪

祖　咏

— — — | |　| | — — —
终南阴岭秀，积雪浮云**端**。
△ △
— | — — |　— — — | —
林表明霁色，城中增暮**寒**。
△

这是一首平起仄收，首句不入韵的五言绝句。吟诵时注意“色”字“断”之后的处理，“暮”字要甩得响，入声字“积、雪、霁”读短音。

赤壁

杜　牧

| | — — | | —　| — — | | — —
折戟沉沙铁未**销**，自将磨洗认前**朝**。
△ △ △
— — | | — — |　— | — — | | —
东风不与周郎使，铜雀春深锁二**乔**。
△ △

这是首仄起平收式的七绝。首句“铁未销”宜吟得响亮些。“东风”句重读“不”字。末句“深”字适当拖长，重读“锁”字，“二乔”两字作徐徐咏叹。入声字“折、戟、铁、不、雀”读短音。

赠孟浩然

李 白

吾爱孟夫子，风流天下闻。
红颜弃轩冕，白首卧松云。
醉月频中圣，迷花不事君。
高山安可仰，徒此揖清芬。

这是一首仄起仄收，首句不入韵的五言律诗。要把诗人敬仰孟浩然不图名利，淡泊清高的意境吟诵出来。入声字“白、月、不、揖”读短音。

长沙过贾谊宅

刘长卿

三年谪宦此栖迟，万古惟留楚客悲。
秋草独寻人去后，寒林空见日斜时。
汉文有道恩犹薄，湘水无情吊岂知。
寂寂江山摇落处，怜君何事到天涯。

这是一首平起平收，首句入韵的七言律诗。诗人被贬长沙，借凭吊贾谊，以悲叹自惜。吟诵时要表现出深沉悲凉的情感基调，破读“涯（yí）”“斜（xiá）”。入声字“谪、客、独、日、薄、寂、落”读短音。

附录一　部分吟诵名家简介

华锺彦，辽宁沈阳人，1933年毕业于北京大学，长期研究吟诵理论，曾发表有关吟诵论文多篇。华先生吟咏的《敕勒歌》《登高》《赠汪伦》等影响很大。

陈贻焮，湖南新宁人，北京大学教授、博士生导师。陈先生一生喜欢吟诵，留下了很多用湖南话吟诵唐诗的录音。

叶嘉莹，著名古典文化学者、诗人，南开大学中华古典文化研究所所长、博士生导师。她一直身体力行推广吟诵，并提倡吟诵从孩子抓起。

戴学忱，天津人，中央民族乐团一级演员、中华诗词吟诵研究会副会长。录制有《古诗文吟诵集萃》《长亭怨慢》《竹枝词》《春晓》《赠汪伦》等音像作品。

劳在鸣，湖南长沙人，毕业于华中师范大学中文系，中华吟诵学会专家组成员、湖北省诗词协会常务理事。著有《古典诗词吟诵唱曲谱》等。

袁行霈，江苏武进人，北京大学教授、博士生导师。著有《中国诗歌艺术研究》等。

王恩保，安徽芜湖人，毕业于北京大学中文系，北京语言大学教授、中华吟诵学会常务理事。主编《古诗文吟诵集萃》，并发表《吟诵与音韵》《吟诵文化漫议》《唐代吟咏刍议》等论文。

吕君忾，中山大学中国古文献研究所特聘研究员，2009年被选为中国语文现代化学会吟诵分会副会长。著有《无斋诗词钞》等。

王文金，河南罗山人，毕业于河南大学，后任该校校长。

陈少松，南京师范大学教授，现任教育部“中华诵·经典诵读行动”专家委员会成员、中华吟诵学会副会长。著有《古诗词文吟诵研究》等。其多次受邀在中央电视台展示吟诵，曾为江苏电视台主讲过十集系列片《古诗词文吟诵》。

魏嘉瓒，江苏沛县人，曾任苏州市文广局副局长，现为中华吟诵学会理事。主编《最美读书声——苏州吟诵采录》，发表相关论文多篇。

彭世强，上海师大附中特级教师，中华吟诵学会常务理事。曾发表《传统吟诵的现代化转型》等多篇论文。

孙玄龄，旅日中国音乐学者、日本丽泽大学教授。著有《元散曲的音乐》，发表论文《浅谈日本的汉诗“诗吟”》《吟诗调音乐的分类》等。

华锋，辽宁沈阳人，河南大学毕业，自幼跟随父亲华锺彦学习吟诵。著有《吟诵学概论》。

张本义，中华诗词学会理事、中华吟诵学会副会长。著有《吟诵拾阶》。

施榆生，福建漳州人，闽南师范大学文学院书记、闽南文化研究院副院长、硕士生导师。长期从事传统诗词创作、闽南话吟诵艺术传承与研究。著有《清吟集》等书，发表吟诵论文多篇。

徐晓生，中华吟诵学会理事、河南省吟诵学会副会长、郑州市吟诵学会会长。著有《中华绝学——古诗文吟诵入门》和《古诗文吟诵》。

曾亚军，中华诗词书画研究会副会长、河南诗词学会常务理事。曾发表论文《诗词意境与吟诵节奏》《诗词吟诵与创作》等。

张卫东，北方昆剧院国家一级演员。擅长《四书》《道德经》等经书文体吟诵。

徐健顺，山东青岛人，青年吟诵家，中华吟诵学会秘书长，首都师范大学副教授。

陈琴，青年吟诵家，华南师范大学附属小学教师、中华吟诵学会常务理事。

程滨，天津人，著名古体诗词作家，中华吟诵学会常务理事，毕业于南开大学中文系，师从叶嘉莹先生。现任教于天津市南开中学。

杨芬，青年古琴演奏家，中华吟诵学会理事，现任教于北京大学。

附录二　名家吟诵欣赏

扫一扫　赏吟诵

一、古体诗（20）

咏鹅（唐）骆宾王 …………………………………… 徐健顺吟

春晓（唐）孟浩然 …………………………………… 徐健顺吟

竹里馆（唐）王　维 ………………………………… 徐健顺吟

望岳（唐）杜　甫 …………………………………… 徐健顺吟

江雪（唐）柳宗元 …………………………………… 徐健顺吟

寻隐者不遇（唐）贾　岛 …………………………… 彭世强吟

悯农二首（其一）（唐）李　绅 …………………… 陈　琴吟

悯农二首（其二）（唐）李　绅 …………………… 戴学忱吟

鹿柴（唐）王　维 …………………………………… 程　滨吟

乐游原（唐）李商隐 ………………………………… 徐健顺吟

静夜思（唐）李　白 ………………………………… 戴学忱吟

观沧海（汉）曹　操 ………………………………… 徐健顺吟

江南 ………………………………………………… 徐健顺吟

古朗月行（节选）（唐）李　白 …………………… 徐健顺吟

登幽州台歌（唐）陈子昂 …………………………… 徐健顺吟

将进酒（唐）李　白 ………………………………… 徐健顺吟

饮酒（晋）陶渊明 …………………………………… 陈少松吟

关雎（《诗经·周南》）…………………………………徐健顺吟

蒹葭（《诗经·秦风》）…………………………………徐健顺吟

采薇（《诗经·小雅》）…………………………………徐健顺吟

二、格律诗（24）

凉州词（唐）王之涣………………………………………陈少松吟

赠汪伦（唐）李　白………………………………………杨　芬吟

黄鹤楼送孟浩然之广陵（唐）李　白……………………彭世强吟

芙蓉楼送辛渐（唐）王昌龄………………………………程　滨吟

泊秦淮（唐）杜　牧………………………………………徐健顺吟

夜雨寄北（唐）李商隐……………………………………徐健顺吟

登高（唐）杜　甫…………………………………………徐健顺吟

风（唐）李　峤……………………………………………王恩保吟

回乡偶书（唐）贺知章……………………………………王恩保吟

登鹳雀楼（唐）王之涣……………………………………徐健顺吟

早发白帝城（唐）李　白…………………………………陈少松吟

逢入京使（唐）岑　参……………………………………陈　琴吟

逢雪宿芙蓉山主人（唐）刘长卿…………………………彭世强吟

枫桥夜泊（唐）张　继……………………………………杨　芬吟

绝句（其一）（唐）杜　甫………………………………程　滨吟

问刘十九（唐）白居易……………………………………徐健顺吟

咏柳（唐）贺知章…………………………………………程　滨吟

初春小雨（唐）韩　愈……………………………………程　滨吟

出塞（唐）王昌龄…………………………………………华　锋吟

江南春（唐）杜　牧………………………………………陈少松吟

三、词（10）

四、文赋（12）

第二编

唐诗吟诵

蝉

虞世南

垂绥[①]饮清露，流响[②]出疏桐[③]。

居高声自远，非是籍[④]秋风。

注释

① 垂绥：这里指蝉头上的触须，形状好像下垂的冠缨，故称。

② 流响：传出的鸟叫声。

③ 疏桐：指秋天的梧桐树枝少叶稀。

④ 籍：凭借。

译文

蝉垂下像帽带一样的触须吮吸着清澈甘甜的露水，声音从稀疏的梧桐树枝间传出。蝉声远传的原因是蝉居在高树上，而不是凭借秋风。

赏析与吟诵

本诗采用比喻的手法，作者将其笔下的蝉人格化，表明立身品格高洁的人，自然声名远播，受人尊重和欢迎。

吟诵时韵字要拖长。

早梅

张　谓

一树寒梅白玉条，回临村路傍[①]溪桥。

不知近水花先发，疑是经冬雪未销[②]。

注释

① 傍：靠近。

② 销：通“消”，融化。这里指冰雪融化。

译文

有一树梅花凌寒早开，枝条洁白如玉，它远离人来人往的村路，而临近溪水桥边。人们不知道寒梅靠近溪水提早开放，还以为那是经过冬天而尚未消融的白雪呢。

赏析与吟诵

自古诗人以梅花入诗者不乏佳篇，有人咏梅的风姿，有人颂梅的神韵。这首咏梅诗，则侧重写一个“早”字，写出了早梅凌寒独开的风姿，写出了诗人与寒梅精神上的契合。

吟诵时需领悟到诗中悠然的韵味和不尽的意蕴。入声字读短。

赏牡丹

刘禹锡

庭前芍药①妖②无格③，池上芙蕖④净少情。

唯有牡丹真国色⑤，花开时节动京城⑥。

注释

① 庭前芍药：喻指宦官、权贵。

② 妖：艳丽，妩媚。

③ 无格：这里指格调不高。

④ 芙蕖：即荷花。

⑤ 国色：原意为一国中姿容最美的女子。此指牡丹花色卓绝，艳丽高贵。

⑥ 京城：唐朝的京师长安，今陕西省西安市。

译文

庭院中的芍药花艳丽多姿，但格调不高，池中的荷花清雅洁净，却少了热情。只有牡丹花才是真正的国色天香，它盛开的时候，其盛况轰动了整个京城。

赏析与吟诵

那种春光万里、姹紫嫣红、倾城倾国的美景，诗人只字不提，一个“动”字，就把无限的想象和美感留给了读者。

吟诵“真国色”三字时要有力度。

玄都观[1]桃花

刘禹锡

紫陌[2]红尘拂面**来**，无人不道看花**回**。
玄都观里桃千树，尽是刘郎[3]去后**栽**。

注释

① 玄都观：道观名。

② 紫陌：古代指京城中的道路。

③ 刘郎：诗人自称。

译文

京城长安大街两旁草木葱茏，一路上的人马川流不息，尘土飞扬，扑面而来，都志得意满地说是赏花归来。玄都观里如今桃树千计，竞相开放，这些都是我被贬官离京之后才栽种的。

赏析与吟诵

这是一首政治讽刺诗。诗人在作品里把玄都观千株桃树暗喻为朝廷中的权贵，表现了对他们极大的鄙视和无情的讽刺。

吟诵时要表达出轻蔑的语气。

勤政楼[①]西老柳

白居易

半朽临风[②]树，多情立马人。

开元一株柳，长庆二年春。

注释

① 勤政楼：在长安兴庆宫西南，始建于唐开元八年（720年）。

② 临风：迎风，当风。

译文

风中一棵枝干半枯的大树，马上一个多情看树的老人。

开元年间栽种的一株弱柳，如今已是长庆二年的早春。

赏析与吟诵

这首五言绝句，仿佛是一首五律的中间两联，全诗以柳写人，借景抒情。诗人用简括的笔触勾勒了一幅临风立马图，语短情长，万千感慨蕴藏其中。

吟诵时节奏稍缓，入声字读短音。

题榴花

韩　愈

五月榴花照眼**明**[①]，枝间时见子[②]初**成**。
可怜[③]此地无车马，颠倒[④]青苔落绛**英**[⑤]。

注释

① 照眼明：指映入眼帘的石榴花格外鲜艳夺目。

② 子：指石榴。

③ 可怜：可惜。

④ 颠倒：纷乱，散乱。

⑤ 绛英：红花，指石榴花瓣。

译文

五月盛开的石榴花红艳似火，耀眼夺目，隐约可见的小石榴结于枝叶当中。可惜这里没有赏花人的车马，红色的石榴花无奈地飘落在长着青苔的地上。

赏析与吟诵

全诗描述景致清新自然，透出诗人浓郁的情趣和缜密丰富的心思。诗人叹息花开无人来赏，暗喻满腹才华，无法施展，同时也表达了自己孤独的心境。

吟诵时要将诗人忧郁的情绪、忧国的情思表现出来，最后一句声调要慢慢降下来。

采莲曲（其二）

王昌龄

荷叶罗裙[1]一色裁，芙蓉向脸[2]两边开。
乱入池中看不见，闻歌[3]始觉有人来。

注释

① 罗裙：丝绸制作的裙子。

② 向脸：对着脸。

③ 闻歌：听到采莲女的歌声。

译文

无边的荷叶和采莲姑娘们的罗裙仿佛是用一种颜色的丝绸裁剪出来的，姑娘们娇艳的脸庞掩映在盛开的荷花里。她们在池塘里采莲，外边却看不见人，歌声从荷塘深处袅袅传来，原来里面早就来了采莲的人。

赏析与吟诵

这首诗像一幅美妙的采莲图，描写了江南采莲女的劳动生活和青春欢乐。前两句侧重客观描写，后两句侧重写主观感受，这种手法很好地表现了人花难辨、花人同美的优美意境。

吟诵时要表达出采莲女天真烂漫、朝气蓬勃的欢乐氛围。吟诵基调是欢快、轻松的。

菊花

元　稹

秋丛绕舍似陶**家**①，遍绕篱边日渐**斜**。

不是花中偏爱菊，此花开尽更②无**花**。

注释

① 陶家：指东晋诗人陶渊明的家。

② 更：再。

译文

一丛丛的秋菊环绕着房屋，看起来好似诗人陶渊明的家。绕着篱笆观赏菊花，不知不觉太阳快落山了。不是百花中偏爱菊花，而是菊花开过之后就看不到更好的花了。

赏析与吟诵

古往今来菊花一直受人喜爱。诗人这首咏菊诗，别出新意道出了他爱菊的原因，表达了他特殊的爱菊之情。其诗淡雅朴素、饶有趣味，最后吟出生花妙句，进一步开拓了美的境界。

吟诵时要将诗人闲适、惬意的心境充分表达出来。为押韵“斜”字叶音为“xiá”。

题菊花

黄 巢

飒飒[1]西风满园栽，蕊寒香冷蝶难来。
他年我若为青帝[2]，报与桃花一处开。

注释

① 飒飒：秋风劲吹之声。

② 青帝：司春之神。古代传说中五天帝之一，住在东方，主行春天时令。

译文

在飒飒的秋风中，满园的菊花竞相绽放，寒意中散发着幽冷细微芳香的菊花引不来蝴蝶。将来如果我当上了司春之神，就要让菊花和桃花同在春天里开放。

赏析与吟诵

在诗人的心目中，菊花是劳苦大众的象征。作者为菊花开不逢时而惋惜和不平。诗的后两句充满了强烈浪漫主义激情的想象，集中表达了诗人的宏伟抱负。

吟诵最后一句时要高亢、悠长，体现出一种英雄的气概。

听弹琴

刘长卿

泠泠[①]七弦上，静听松风[②]寒。
古调[③]虽自爱，今人多不弹。

注释

①泠泠：本来是形容水声，此以形容琴声清冷苍凉。

②松风：即《风入松》，古琴曲名。

③古调：古朴高雅的曲调。

译文

清脆悠扬的琴声从七弦古琴上发出，静静听着仿佛有寒风吹入松林之感。我格外喜爱那令人神往的古乐，可惜现在很多人都不再弹奏它了。

赏析与吟诵

这是一首托物言志的小诗。全诗从对琴声赞美，转而又对时局慨叹，抒发了诗人怀才不遇和缺少知音的苦闷心情。

吟诵时要体悟出诗人的忧伤之感，声调略低沉。入声字“七、不”读短音。

塞上听吹笛

高　适

雪静胡天牧马还，月明羌笛戍楼[①]间。
借问梅花何处落[②]，风吹一夜满关山[③]。

注释

① 戍楼：军营中的瞭望楼。

② 梅花何处落：既指想象中的梅花，又指笛曲《梅花落》。

③ 关山：这里指关隘山岭。

译文

冰雪融尽，敌军已经悄然返回，月光皎洁，悠扬的笛声回荡在戍楼间。试问饱含离情的《梅花落》飘向何处，它仿佛像梅花一样随风落满了关山。

赏析与吟诵

这首诗由雪净月明的实景写到梅花纷飞的虚景，虚实相生，营构出一种美妙阔达的意境。诗中的思乡之情含蓄隽永，委婉深沉。

吟诵时要把握全诗开朗壮阔的基调，有思乡情绪，但感而不伤。入声字“雪、牧、月、落、笛、一”读短音。

白鹿洞[1]（其一）

王贞白

读书不觉已春深，一寸光阴一寸金。
不是道人来引笑，周情孔思[2]正追寻。

注释

① 白鹿洞：在江西省庐山五老峰南麓的后屏山之南，是山谷间的一个平地，中国四大书院之一的白鹿洞书院便建立在此。

② 周情孔思：指周公礼法、孔子儒学。这里泛指经史之学。

译文

我专心读书，不知不觉春天又快过去了，每一寸时光就像黄金那样珍贵。要不是道人过来逗趣开玩笑，我还在周公的礼法和孔子的教导中用心钻研呢。

赏析与吟诵

“一寸光阴一寸金”是诗人给后人留下的不朽诗句，人们应当从中受到启发和教育。知识是靠时间积累起来的，为充实和提高自己，我们应珍惜时间。

吟诵时要把珍惜时间、惜时如金的情感生发出来。本诗入声字较多，要注意发音，可反复诵读。

金缕衣[①]

杜秋娘

劝君莫惜金缕**衣**，劝君惜取[②]少年**时**。

花开堪[③]折直须[④]折，莫待无花空折**枝**。

注释

① 金缕衣：缀有金线的华丽衣裳，比喻荣华富贵，也是唐教坊曲调名。

② 惜取：珍惜。

③ 堪：可以，能够。

④ 直须：尽管，只须。

译文

我劝你不要顾惜华丽的衣裳，但是一定要珍惜青春年少的美好时光。花开宜折的时候就抓紧去折，不要等到花谢时只折了个空枝。

赏析与吟诵

本诗咏叹了青春易逝、珍惜光阴的主题。全诗结构简单，语言通俗，但含义深刻，发人深思。

首联两句用了两个“劝君”和两个“惜”字，一个否定，一个肯定，似分实合，形成了诗中第一次反复和咏叹，旋律和节奏轻盈舒缓。尾联构成第二次反复和咏叹，使上下两联回旋反复，增强了节奏与力度。本诗入声字多，吟诵时注意读短音。

社日[①]

王　驾

鹅湖山[②]下稻粱肥，豚栅鸡栖[③]半掩扉。

桑柘影斜春社散，家家扶得醉人归。

注释

① 社日：古代祭祀土地神的日子，春秋两季各祭一次，分别叫春社、秋社。

② 鹅湖山：山名，在今江西省铅山县。

③ 豚栅鸡栖：猪圈和鸡舍。

译文

鹅湖山下，庄稼长势喜人，家家户户猪满圈，鸡成群，柴门半掩着。天色将晚，桑树和柘树的影子越来越长，春社的欢宴刚刚散去，醉醺醺的人们在家人的搀扶下高高兴兴地回家。

赏析与吟诵

这是一首描写乡村社日风俗的诗。诗中描写了丰收之年农民欢度社日的情景。全诗语言朴实、真切。诗未着一字写社日，而是通过勾勒富有农村生活情调的画面，烘托出山村节日的欢乐，使人读来余味无穷。

此诗的基调是欢乐祥和的，吟诵中要透出欢快的感情。

寒食[①]

韩　翃

春城[②]无处不飞**花**，寒食东风御柳**斜**。

日暮汉宫[③]传蜡烛，轻烟散入五侯[④]**家**。

注释

① 寒食：即寒食节，在清明节前一两天，相传春秋时晋文公为悼念介子推被火烧死而设，因禁火寒食。

② 春城：暮春时的长安城。

③ 汉宫：这里指唐宫。

④ 五侯：这里指皇戚权贵。

译文

春天的长安城处处柳絮飞舞，落红无数，寒食节东风吹得皇家花园里杨柳枝都倾斜了。夜色降临，汉宫分赐蜡烛，袅袅轻烟却在那些权贵宠臣家飘散。

赏析与吟诵

这是一首借汉代的事来讽喻的讽刺诗。首两句写仲春景色，后两句暗含讽喻，入木三分。

吟诵时入声字读短音。“斜”字叶音为“xiá”。

春雪

韩　愈

新年[1]都未有芳**华**，二月初惊见草**芽**。
白雪却嫌[2]春色晚，故穿庭树作飞**花**。

注释

① 新年：指农历正月初一。

② 嫌：嫌怨，怨恨。

译文

新年都已来到，但还看不到芬芳的鲜花，到二月，才惊喜地发现有小草冒出了新芽。白雪也嫌春色来得太晚了，所以有意化作花儿在庭院树间穿飞。

赏析与吟诵

这首春雪诗构思新巧。诗人对春雪飞花表现的不是惆怅、遗憾，而是充满了欣喜，富有浓烈的浪漫主义色彩，可谓神来之笔。

全诗充满春的气息，吟诵时要渲染出热闹的喜悦气氛。

城东早春

杨巨源

诗家清景在新**春**，绿柳才黄[1]半未**匀**。

若待上林[2]花似锦，出门俱是看花**人**[3]。

注释

① 才黄：刚刚露出嫩黄的柳眼。

② 上林：上林苑，故址在今陕西西安市西，建于秦代，汉武帝时加以扩充，为汉宫苑。诗中用来代指唐朝京城长安。

③ 看花人：此处双关进士及第者。

译文

早春的清新景色，正是诗人的最爱。绿柳枝头嫩叶初萌，鹅黄之色尚未均匀。若是到了京城花开之际，满城都是赏花之人。

赏析与吟诵

诗人采用边议论边写景的手法，描写了长安城东迷人的早春景色。第二句通过“才”“半未匀”等字句，突出了早春的“早”和“新”。全诗将清新的早春之景和浓艳的仲春之景并列，对比鲜明，意蕴深刻，耐人寻味。

吟诵时要表达出对春的热爱和赞美之情，基调是欢快的。采用“二二三”或“四三”节奏均可。

山房春事（其二）

岑参

梁园[1]日暮乱飞**鸦**，极目[2]萧条三两**家**。
庭树不知人去尽，春来还发旧时**花**。

注释

① 梁园：西汉梁孝王刘武所建，故址在今河南省商丘市东。

② 极目：纵目，用尽目力远望。

译文

曾诗酒风流的梁园笼罩着暮色，天空中稀疏地飞着几只乌鸦。竭尽目力望去，萧条冷落之中，远远近近只横陈着两三户人家。满园的奇木异树，不知已人去楼空。春天到来之后，还像往年春天一样开花。

赏析与吟诵

这是一首咏古之作，梁园的萧条是诗人所要着力描写的。以乐景写哀情，相反而相成，反衬手法运用得十分巧妙。

吟诵时要表现出沧桑感。

晚春

韩　愈

草树知春不久归[1]，百般红紫斗芳菲。
杨花[2]榆荚无才思[3]，惟解[4]漫天作雪飞。

注释

① 不久归：指春天很快就要过去了。

② 杨花：指柳絮。

③ 才思：才华和能力。此指花草姿色。

④ 惟解：只知道。

译文

春天不久即将过去，花草树木想方设法挽留春天，纷纷争奇斗艳。杨花和榆钱，没有艳丽的姿色，只知漫天飞舞，好似片片雪花。

赏析与吟诵

这首诗用拟人的手法描绘了暮春的景色，赋予草树以灵性，表达了自己如晚春的迟暮之感，同时寓有珍惜年华的含义。

整首诗工巧奇特，别开生面，描景状物细致入微，给人耳目一新的感觉。

吟诵时要一反惜春伤感之情，体悟出诗人乐观向上的情绪，可用“四三”节奏。

晚晴

李商隐

深居俯夹城[①]，春去夏犹清。

天意怜幽草，人间重晚晴。

并[②]添高阁迥[③]，微注[④]小窗明。

越鸟[⑤]巢干后，归飞体更轻。

注释

① 夹城：城门外的曲城。

② 并：更。

③ 迥：高远。

④ 微注：因是晚景斜晖，光线显得微弱和柔和，故称。

⑤ 越鸟：南方的鸟。

译文

一个人深居简出过着清幽的日子，俯瞰夹城，春天已去，夏季清朗。小草饱受雨水的浸淹，终于得到上天的怜爱，雨过天晴了。登上高阁，凭栏远眺，天高地迥，夕阳冉冉的余晖透过窗棂。越鸟的窝巢已被晒干，它们的体态也恢复轻盈了。

赏析与吟诵

作为一首有寓托的诗，《晚晴》的写法更接近于在有意无意之间的"兴"。颔联"天意怜幽草，人间重晚晴"无形中将小草人格化了，给人以丰富的联想，我们从"重晚晴"中体味到一种分外珍惜美好和短暂事物的感情。

中间两联诗句对仗工整，要在吟诵时把握好平仄，诗中积极乐观的人生态度也要通过声音表达出来。

雨晴

王　驾

雨前初见花间蕊[1]，雨后全无叶底**花**。

蜂蝶纷纷过墙去，却疑春色在邻**家**。

注释

① 花间蕊：刚开的花朵。蕊，花心。

译文

雨前初次见到新开花朵的花蕊，雨后连叶子底下也不见一朵花。蜜蜂和蝴蝶纷纷地飞过了墙去，让人怀疑迷人的春色尽在邻家。

赏析与吟诵

这首即兴小诗，写雨后漫步小园所见的惜春之景。诗中摄取的景物也很平常，但平中见奇、饶有诗趣。“却疑春色在邻家”可谓是神来之笔，令人耳目一新。

吟诵时要将惜春之情体现出来。

月夜

刘方平

更深月色半人**家**，北斗阑干[1]南斗**斜**。

今夜偏知[2]春气暖，虫声新[3]透绿窗**纱**。

注释

①阑干：横斜的样子。

②偏知：才知。

③新：初次。

译文

夜深了，月亮西斜，院子只有一半还映照在月光中，横斜的北斗星和倾斜的南斗星悬挂在天际。今晚才感到春天温暖的气息，你听那冬眠后小虫的叫声，第一次透过绿色的纱窗传进屋里。

赏析与吟诵

此诗描写春天首揭“更深”二字，为以下景色的描绘奠定了基调。全诗体会入微，清新感人。

吟诵时要体现出诗人喜悦的心情，发出对生命、对美好事物的咏赞。“斜”字叶音为“xiá”。

霜月

李商隐

初闻征雁[①]已无蝉[②]，百尺楼台水接天。

青女[③]素娥[④]俱耐冷，月中霜里斗婵娟[⑤]。

注释

①征雁：大雁春到北方，秋到南方，不惧远行，故称征雁。此处指南飞的雁。

②无蝉：雁南飞时已听不见蝉鸣。

③青女：主管霜雪的女神。《淮南子·天文训》："青女乃出，以降霜雪。"

④素娥：即嫦娥。

⑤婵娟：古代多用来形容女子姿容美好，也常指月亮。

译文

刚听到南飞的雁叫，已听不到鸣蝉，我独倚高楼，极目远眺，望见水光接天。霜神青女与月中嫦娥生来就都耐得住清冷，在寒月冷霜中争艳斗俏。

赏析与吟诵

此诗写深秋月夜景色，却不作静态描写，而借神话传说婉言月夜冷艳之美，使全诗蒙上一层朦胧的浪漫色彩。

吟诵时要表现出浪漫基调。

把酒问月

李　白

青天有月来几时？我今停杯一问之。

人攀明月不可得，月行却与人相随。

皎如飞镜临丹阙[①]，绿烟[②]灭尽清辉发。

但见宵从海上来，宁知晓向云间没？

白兔捣药[③]秋复春，嫦娥孤栖与谁邻？

今人不见古时月，今月曾经照古人。

古人今人若流水，共看明月皆如此。
惟愿当歌对酒时，月光长照金樽里。

注释

① 丹阙：朱红色的宫门。

② 绿烟：指遮蔽月光的浓重的云雾。

③ 白兔捣药：是古代的神话传说，西晋傅玄《拟天问》："月中何有，白兔捣药。"

译文

青天上明月高悬起于何时？我现在停下酒杯且一问之。
人追攀明月永远不能做到，月亮行走却与人紧紧相随。
皎洁得如镜飞升照临宫阙，云霭散尽发出清冷的光辉。
只能看见每晚从海上升起，谁能知道早晨在云间隐没？
月亮里白兔捣药自秋而春，嫦娥孤单地住着与谁为邻？
现在的人见不到古时之月，现在的月却曾经照过古人。
古人与今人如流水般流逝，共同看到的月亮都是如此。
只希望对着酒杯放歌之时，月光能长久地照在金杯里。

赏析与吟诵

这是一首应友人之请而作的咏月抒怀诗。全诗感情饱满奔放，语言流畅自然，极富回环错综之美。诗人由酒写到月，又从月归到酒，用行云流水般的抒情方式，表达了对宇宙和人生哲理的深层思索。

吟诵时要表现出作者旷达博大的胸襟和飘逸潇洒的性格。

望月有感

白居易

自河南[1]经乱，关内[2]阻饥，兄弟离散，各在一处。因望月有感，聊书所怀，寄上浮梁大兄、于潜七兄、乌江十五兄，兼示符离[3]及下邽[4]弟妹。

时难年荒世业[5]空，弟兄羁旅各西东。
田园寥落干戈后，骨肉流离道路中。
吊影[6]分为千里雁[7]，辞根散作九秋蓬[8]。
共看明月应垂泪，一夜乡心五处同。

注释

① 河南：唐时河南道，辖今河南省大部和山东、江苏、安徽三省的部分地区。

② 关内：关内道，辖今陕西大部及甘肃、宁夏、内蒙古的部分地区。

③ 符离：今安徽宿州。白居易的父亲在彭城（今江苏徐州）做官多年，就把家安置在符离。

④ 下邽：县名，治所在今陕西省渭南市。白氏祖居曾在此。

⑤ 世业：祖传的产业。

⑥ 吊影：身与影相互安慰，形容孤独。吊，慰问。

⑦ 千里雁：比喻兄弟们相隔千里，皆如孤雁离群。

⑧ 九秋蓬：深秋时节随风飘转的蓬草，古人用来比喻游子在异乡漂泊。九秋，秋天。

译文

自从河南地区经历战乱，关内一带漕运受阻致使饥荒四起，我们兄弟也因此流离失散，各在一处。因为看到月亮而有所感触，便随性写成诗一首来记录感想，寄给在浮梁的大哥、在于潜的七哥，在乌江的十五哥和在符离、下邽的弟弟妹妹们看。

时势艰难兵荒马乱，家业空空；
兄弟逃难旅居异地，各自西东。
战乱以后处处寥落，田园荒芜；
骨肉分离漂泊流浪，失散途中。
离群孤雁相隔千里，形影相吊；
同根兄弟随风飞散，恰似秋蓬。
天涯海角共看明月，无不垂泪；
今夜思乡你我同心，五地相同。

赏析与吟诵

这是一首抒情诗。此诗读来如听诗人倾诉自己深受的离乱之苦。“吊影分为千里雁，辞根散作九秋蓬”一语历来为人们所传诵。末句“一夜乡心五处同”顿时使全篇气韵生动起来。全诗语言浅白平实而又意蕴精深，堪称“用常得奇”的佳作。

诗人及其家人饱经战乱的零落孤独之苦和渴望亲人团聚的心境要在吟诵中体现出来，尽量做到声情并茂。

十五望月

王　建

中庭地白[①]树栖鸦，冷露无声湿桂花。
今夜月明人尽望，不知秋思[②]落谁家。

注释

① 地白：指月光满地。

② 秋思：秋天的情思，这里指怀人的思绪。

译文

中秋的月光照射在庭院中，地上好像铺上了一层霜雪那样白，树枝上安歇着乌鸦，夜深了，清冷的秋霜悄悄地打湿了庭中的桂花。人们都在望着今夜的明月，不知那秋天的思念之情会落到谁的家里。

赏析与吟诵

这是一首中秋望月之作。本诗运用形象的语言，丰富的想象，营造出月明人远，思深情长的意境。

吟诵时要注意韵字拖长，入声字读短音。

望月怀远

张九龄

海上生明月，天涯共此时。
情人[①]怨遥夜[②]，竟夕[③]起相思。
灭烛怜光满，披衣觉露滋[④]。
不堪盈手[⑤]赠，还寝梦佳期。

注释

①情人：多情的人，指作者自己。

②遥夜：漫长的夜晚。

③竟夕：通宵，整夜。

④露滋：露水湿润。

⑤盈手：双手捧满。盈，满。

译文

茫茫的海上升起一轮明月，此时你我天各一方欣赏月亮。有情人都怨恨月夜漫长，整夜里不眠而把亲人和朋友怀想。熄灭蜡烛怜爱这满屋月光，我披衣徘徊深感夜露寒凉。不能把美好的月色捧给你，期待能够与你相见在梦乡。

赏析与吟诵

本诗写景抒情并举，情景交融。诗的意境幽静秀丽，情感真挚。“海上生明月，天涯共此时”为千古佳句。

全诗表达了对远方之人的殷切思念，语言明快流畅，细细品味，感人至深。吟诵时要将情意缠绵而不伤感的韵味表达出来。

春江花月夜

张若虚

春江潮水连海**平**，海上明月共潮**生**。

滟滟[1]随波千万里，何处春江无月**明**。

江流宛转绕芳**甸**[2]，月照花林皆似**霰**[3]。

空里流霜不觉飞，汀[4]上白沙看不见。
江天一色无纤尘，皎皎空中孤月轮。
江畔何人初见月，江月何年初照人。
人生代代无穷已，江月年年只相似。
不知江月待何人，但见长江送流水。
白云一片去悠悠[5]，青枫浦[6]上不胜愁。
谁家今夜扁舟子[7]？何处相思明月楼[8]。
可怜楼上月徘徊，应照离人[9]妆镜台。
玉户[10]帘中卷不去，捣衣砧上拂还来。
此时相望不相闻，愿逐月华流照君。
鸿雁长飞光不度，鱼龙潜跃水成文[11]。
昨夜闲潭梦落花，可怜春半不还家。
江水流春去欲尽，江潭落月复西斜。
斜月沉沉藏海雾，碣石潇湘[12]无限路。
不知乘月几人归，落月摇情[13]满江树。

注释

①滟滟：水中月光闪烁荡漾的样子。

②芳甸：芳草丰茂的原野。甸，郊外之地。

③霰：天空中降落白色不透明小冰粒。形容月光下春花晶莹洁白。

④汀：水边平地，小洲。

⑤悠悠：渺茫、深远。

⑥青枫浦：地名，在今湖南省浏阳市境内。这里泛指游子所在的地方。

⑦扁舟子：漂泊江湖的游子。扁舟，小舟。

⑧ 明月楼：指月下楼中的闺妇。

⑨ 离人：指思妇。

⑩ 玉户：形容楼阁华丽，以玉石镶嵌。

⑪ 文：同“纹”。

⑫ 碣石潇湘：两地一北一南，暗指路途遥远，相聚无望。

⑬ 摇情：激荡情思，犹言牵情。

译文

春天的江潮水势浩荡，与大海连成一片，一轮明月海上升起，好像与潮水一起涌出来。月光照耀着春江，随着波浪闪耀千万里，所有地方的春江都有明亮的月光。江水曲曲折折地绕着花草丛生的原野流淌，月光照射着开遍鲜花的树林好像细密的雪珠在闪烁。月色如霜，所以霜飞无从察觉。洲上的白沙和月色融合在一起，看不分明。江水天空成一色，没有一点微小灰尘，明亮的天空中只有一轮孤月高悬。江边上什么人最初看见月亮，江上的月亮哪一年最初照耀着人？人生一代代地无穷无尽，只有江上的月亮一年年地总是相像。不知江上的月亮等待着什么人，只见长江水不断地流去。游子像一片白云缓缓地离去，只剩下思妇不胜忧愁。哪家的游子今晚坐着小船在漂流？什么地方有人在明月照耀的楼上相思？可怜楼上不停移动的月光，应该照耀着离人的梳妆台。月光照进思妇的门帘，卷不走，照在她的捣衣砧上，拂不掉。这时互相望着月亮可是互相听不到声音，我希望随着月光流去照耀着你。鸿雁不停地飞翔，而不能飞出无边的月光，月照江面，鱼龙在水中跳跃，激起阵阵波纹。昨天夜里梦见花落闲潭，可惜的是春天过去了一半自己还不能回家。江水带着春光将要流尽，水潭上的月亮又要西落。斜月慢慢下沉，藏在海雾里，碣石、潇湘距离无

限遥远。不知有几人能趁着月光回家，唯有那西落的月亮摇荡着离情，月光洒满了江边的树林。

赏析与吟诵

全诗紧扣春、江、花、月、夜五个字来写，重点就是“月”。从月开始，以月收结。闻一多先生称此诗为“诗中的诗，顶峰上的顶峰”，此诗又被后人誉为“孤篇盖全唐”。

本诗的章法结构，以整齐为基调，以错杂显变化。三十六句诗，共分为九组，每四句一组，一组三韵，另一组必定转用另一韵，系九首绝句。其中二、四、九组用仄韵，其余组用平韵。

全诗融诗情、画意、哲理为一体，为人们展现出一幅充满着人生哲理和生活情趣的淡雅清幽的水墨画卷。

吟诵时要用清新优美的语言，给人们清灵空明、自然脱俗的感受，从大自然的美景中感受到一种对人生的追求与热爱，三组仄声韵字要处理好。

行军九日[①]思长安故园

岑　参

强[②]欲△登高[③]去，无人送酒**来**。

遥怜故园菊△，应傍战场**开**。

注释

①九日：指农历九月九日的重阳节。

②强：勉强。

③登高：重阳节有登高赏菊饮酒的风俗。

译文

九月九日重阳节，我勉强登上高处远眺，然而在这战乱的行军途中，没有谁能送酒来。我心情沉重地遥望故乡长安，那菊花大概在这战场旁零星地开放吧。

赏析与吟诵

这是一首抒发思乡情怀的诗，但它表现的不是一般的节日思乡，而是对国事的忧虑和对战乱中人民疾苦的关切。整首诗风格质朴，构思精巧，言浅意深，耐人寻味。

“应傍战场开”，让读者仿佛看到了一幅鲜明的战乱图，寄托着诗人对饱经战争忧患人民的同情和对和平的渴望。末句吟诵要悠长。

九日齐山①登高

杜 牧

江涵秋影雁初**飞**，与客携壶上翠**微**②。
尘世难逢开口笑，菊花需插满头**归**。
但将酩酊③酬佳节，不用登临恨落**晖**。
古往今来只如此，牛山④何必独沾**衣**。

注释

① 齐山：在今安徽省池州市贵池区。杜牧曾任池州刺史。

② 翠微：此指齐山上的翠微亭。

③ 酩酊：大醉。

④ 牛山：在今山东省淄博市。春秋时齐景公泣牛山，即其地。

译文

江水倒映秋影，大雁刚刚南飞，约朋友携酒壶共登齐山翠微亭。尘世烦忧，平生难逢开口一笑，菊花盛开之时要插满头而归。只应纵情痛饮酬答重阳佳节，不必怀忧登临叹恨落日余晖。人生短暂古往今来皆是如此，何必像齐景公一样对着牛山流泪。

赏析与吟诵

杜牧一生怀才不遇，故九日登齐山时，感慨万千，因而此诗是抒发愤慨之作。本诗以旷达之意来消解人生多忧和生死无常的悲哀。这首诗吟诵时要以旷达为主，不可过于消极，要把握好度。

金铜仙人辞汉歌

李　贺

魏明帝[1]青龙元年八月，诏宫官牵车西取汉孝武捧露盘仙人，欲立置前殿。宫官既拆盘，仙人临载，乃潸然泪下。唐诸王孙李长吉遂作《金铜仙人辞汉歌》。

茂陵[2]刘郎[3]秋风客[4]，夜闻马嘶晓无**迹**。
画栏桂树悬秋香[5]，三十六宫土花[6]**碧**。
魏官牵车指千**里**，东关酸风[7]射眸**子**。
空将[8]汉月出宫门，忆君清泪如铅**水**[9]。
衰兰[10]送客咸阳道，天若有情天亦**老**[11]。
携盘独出月荒凉，渭城[12]已远波声**小**。

注释

① 魏明帝：即曹叡，曹操之孙。

② 茂陵：汉武帝刘彻的陵墓，在今陕西省咸阳市。

③ 刘郎：指汉武帝。

④ 秋风客：犹言悲秋之人。汉武帝曾作《秋风辞》，有句云：“欢乐极兮哀情多，少壮几时兮奈老何？”

⑤ 秋香：指桂花的芳香。

⑥ 土花：苔藓。

⑦ 酸风：令人心酸落泪之风。

⑧ 将：与，伴随。

⑨ 铅水：比喻铜人所落的眼泪，含有心情沉重的意思。

⑩ 衰兰：秋兰已老，故称衰兰。

⑪“天若”句：意谓面对如此兴亡盛衰的变化，天若有情，也会因常常伤感而衰老。

⑫ 渭城：秦都咸阳，汉改为渭城县，此代指长安。

译文

茂陵里埋葬的刘郎，好像秋风过客匆匆而逝。

夜里曾听到他的神马嘶鸣，天亮却杳无踪迹。

画栏旁边棵棵桂树，依然散发着深秋的香气。

长安城的三十六宫，如今却是一片苔藓碧绿。

魏国官员驱车载运铜人，直向千里外的异地。

刚刚走出长安东门，寒风直射铜人的眼珠里。

只有那朝夕相处的汉月，伴随铜人走出官邸。

怀念起往日的君主，铜人流下如铅水的泪滴。

枯衰的兰草在通向咸阳的古道为远客送别。

上天如果有感情，也会因为悲伤而变得衰老。

独出长安的盘儿，在荒凉的月色下孤独影渺。

眼看着长安渐渐远去，渭水波声也越来越小。

赏析与吟诵

作者借金铜仙人辞汉的历史故事，抒发了离开京都时的悲思，寄托了浓郁的兴亡之感、家国之痛和身世之悲。

本诗想象力丰富，设喻奇警，感情丰沛，充满了悲怆、凄凉的韵味，怨愤之情溢于言外。吟诵时注意情绪的把控，入声字读短音。

秋词（其一）

刘禹锡

自古逢秋悲寂**寥**①，我言秋日胜春**朝**。

晴空一鹤排云②上，便引诗情到碧**霄**。

注释

① 寂寥：空旷无声，萧条空寂。此指景象凄凉。

② 排云：凌云。排，冲破。

译文

自古以来，人们每逢秋天到来，就都悲叹寂寞凄凉，我却说秋天胜过春天。秋天晴朗的天空中一群白鹤冲破云层，一飞冲天，我的诗兴也随它们到了碧蓝的天空。

赏析与吟诵

这首诗气势雄浑，意境壮丽。全诗融情、景、理于一炉，表现出高扬的精神和开阔的胸襟，唱出了一曲非同凡响的秋歌。

吟诵时要透出自信和力量，末句声音高亢洪亮为好，调子上扬。

游子①吟

孟　郊

慈母手中线，游子身上**衣**。
临行密密缝，意恐迟迟**归**。
谁言寸草②心，报得三春**晖**③。

注释

① 游子：古代称远游旅居的人。

② 寸草：小草，比喻子女，这里指游子。

③ 三春晖：形容母爱如春天和煦的阳光，喻指慈母之恩。农历正月、二月、三月分别为孟春、仲春、季春，合称三春。

译文

慈祥的母亲手里把着针线，为即将远游的孩子赶制新衣。临行前一针针地缝缀，怕儿子回来得晚衣服破损。我们做儿女的就像路边的小草，又怎能报答的了那春天阳光般的母爱呢。

赏析与吟诵

这是一首母爱的颂歌，于清新流畅、朴素自然的语言中，饱含着

浓郁醇美的感情，引起千万游子的共鸣。

“谁言寸草心，报得三春晖。”这一伟大的母爱，是做儿女的永远报答不完的。吟诵时要充满亲情和温暖。

少年行（其一）

王 维

新丰[①]美酒斗十千[②]，咸阳游侠多少年。
相逢意气为君饮，系马高楼垂柳边。

注释

① 新丰：地名，产美酒。在今西安市临潼区东北。

② 斗十千：指美酒名贵，价值万贯。

译文

新丰的美酒一斗价值万钱，出没长安的游侠多是少年。相逢时意气投合为君痛饮，骏马就拴在酒楼下的垂柳边。

赏析与吟诵

这是一首写少侠欢聚痛饮的诗，如临其境。诗中以骏马和杨柳的意象衬托出少年游侠富有青春气息的俊爽风致。

吟诵时要将少年游侠顾盼自如，风流自赏，洋洋得意的神情显现出来。

左迁[1]至蓝关[2]示侄孙湘

韩　愈

一封[3]朝奏九重天[4]，夕贬潮州路八千[5]。
欲为圣朝除弊事，肯将衰朽惜残年。
云横秦岭家何在？雪拥蓝关马不前。
知汝远来应有意，好收吾骨瘴江边[6]。

注释

① 左迁：贬官，降职。

② 蓝关：即蓝田关，在今陕西省蓝田县东南。

③ 一封：指韩愈上书宪宗《谏迎佛骨表》。

④ 九重天：此指朝廷。

⑤ 路八千：指长安至潮州之间的路途遥远。

⑥ 瘴江边：充满瘴气的江边，指贬所潮州。

译文

一篇《谏迎佛骨表》早晨上奏给皇帝，晚上就被贬到八千里外的潮州去。本来想为朝廷清除危害，怎么会顾惜衰朽的残年余日呢。云彩横出秦岭，我的家在哪里？雪漫蓝田关，连我骑的马都不敢往前走。知道你远道而来送我的深厚情谊，你做好准备到南方的瘴气之地去收拾我的骸骨吧。

赏析与吟诵

全诗融叙事、写景、抒情为一炉，诗味浓郁，感情真切，对比鲜明，是韩诗七律中的精品。尾联有“虽九死而不悔”的态度，抒英雄之志，表骨肉之情，悲痛凄楚，溢于言表。

这首诗沉郁顿挫，风格近似杜甫。吟诵时要感情充沛深沉，产生撼动人心的力量。

登科[1]后

孟　郊

昔日龌龊[2]不足夸，今朝放荡[3]思无涯[4]。
春风得意马蹄疾[5]，一日看尽长安花。

注释

① 登科：唐朝实行科考制度，考中进士称及第，经吏部复试后授予官职称登科。

② 龌龊：处境窘迫和思想上的拘谨局促。

③ 放荡：无拘无束，自由自在。

④ 思无涯：兴致高涨。

⑤“春风”句：进士考试在秋季，次年春发榜，录取者有骑马游行的仪式。

译文

以往生活上的困顿与思想上的局促不安不要再提了，今朝金榜题名，郁结的闷气已如风吹云散，心里有说不出的畅快。策马驰骋在春花烂漫的长安道上，今日的马蹄格外轻疾，一日之内已把长安花看遍。

赏析与吟诵

孟郊四十六岁才进士及第，得意欣喜之时写下了这首别具一格的小诗。这首诗活灵活现地描绘出诗人神采飞扬的得意之态，酣畅淋漓地抒发了他心花怒放的得意之情。

“春风得意马蹄疾”是人们喜爱的名句，也写出了孟郊的真情实感。吟诵时要将诗人仿佛一下子脱离苦海的狂喜心境表达出来。

回乡偶书（其二）

贺知章

离别家乡岁月**多**，近来人事半消**磨**[①]。
惟有门前镜湖[②]水，春风不改旧时**波**。

注释

① 消磨：逐渐消失，消除。

② 镜湖：在今浙江省绍兴市会稽山的北麓，方圆三百余里。诗人的故乡就在镜湖边上。

译文

我离别家乡的时间已经很长了，回家后才感觉到家乡的人事变迁真是太大了。只有家门前那镜湖的水，在春风的吹拂下泛起的波纹，还和几十年前一模一样。

赏析与吟诵

这是一首久客异乡、怀念故里的感怀诗。全诗采用白描的手法，在自然朴素的语言中蕴藏着一片真挚深厚的感情。

贺知章告老返乡时已经八十六岁了，距他中年离乡已有五十多个年头了。吟诵时要将人生易老，世事沧桑，心中无限的感慨生发出来。

南陵[①]别儿童入京

李　白

白酒新熟山中归，黄鸡啄黍秋正肥。
呼童烹鸡酌白酒，儿女嬉笑牵人衣。
高歌取醉欲自慰，起舞落日争光辉。
游说[②]万乘[③]苦不早，著鞭跨马涉远道。
会稽愚妇轻买臣[④]，余亦辞家西入秦[⑤]。
仰天大笑出门去，我辈岂是蓬蒿人[⑥]？

注释

① 南陵：在今山东省济宁市兖州区附近。

② 游说：战国时，有才之人以口辨舌战打动诸侯，获取官位。

③ 万乘：君主。周朝制度，天子地方千里，车万乘，后来称皇帝为“万乘”。

④ 买臣：朱买臣，汉会稽吴郡人，家贫好学，后来得到汉武帝赏识，做了会稽太守。

⑤ 西入秦：西入长安。秦，指长安。

⑥ 蓬蒿人：田野中人，也就是没有当官的人。

译文

从山中游玩归来时，白酒正好酿熟，秋天里黄鸡啄黍吃得正肥。听到我叫仆人杀鸡蒸黍，小孩子们很高兴，嘻嘻哈哈，牵着我衣服嬉闹。我高歌一曲，今天高兴就要大醉，我在落日里手舞足蹈，与落日争辉。为理想奔走太晚了，我多想快马加鞭，奋起直追，疾奔远道。

当年会稽愚妇看不起贫穷苦读的朱买臣，如今我也要辞家去长安，平步青云。仰面朝天大笑，走出门去，像我这样的人哪能长期在草野乡间虚度光阴。

赏析与吟诵

诗人善于在叙事中抒情，描写从归家到离家，有头有尾。全篇用的是直陈其事的赋体，而又兼采比兴。既有正面描写，也有间接烘托，有曲折、有起伏，使感情更为强烈、鲜明真挚。

诗的最后一联写得尤其酣畅淋漓，这似乎也是李白一生最喜悦的时刻。吟诵时要将诗人得志的神态和无比自负的心理，通过声音诠释出来。

月夜

杜　甫

今夜鄜州[①]月，闺中只独看。
遥怜[②]小儿女，未解忆长安。
香雾云鬟[③]湿，清辉[④]玉臂寒。
何时倚虚幌[⑤]，双照泪痕干。

注释

①鄜州：今陕西省富县。

②怜：想。

③云鬟：古代妇女的环形鬟发。

④清辉：指月光。

⑤虚幌：轻薄透明的帐幕。

译文

今晚圆圆的秋月多么美好，你在鄜州闺中只能一人独看。我遥想那些可爱的孩子们，还不理解你望月怀人思念长安。夜深露重你乌云似的头发湿了，月光如水，你如玉的臂膀生寒。何时能依偎共赏轻纱般的月华，让月华照干我俩满是泪痕的脸。

赏析与吟诵

这首诗是秋天月夜的怀妻之作。望月怀思，自古皆然，但诗人不写自己望月怀妻，却设想妻子望月怀念自己，构思巧妙，感人肺腑。

杜诗以沉郁著称，这首的风格却是哀婉。一个“独”字和一个“怜”字用法甚妙。五律至此，无愧“诗圣”。吟诵时要将儿女之思、夫妻之情相继表达出来。

章台夜思

韦　庄

清瑟[①]怨遥夜，绕弦风雨哀。
孤灯闻楚角[②]，残月下章台[③]。
芳草[④]已云暮，故人殊[⑤]未来。
乡书不可寄，秋雁又南回。

注释

①清瑟：乐调清凄的弦乐器。

②楚角：楚地产的军中吹奏的号角，亦指发出凄楚鸣声的号角。

③章台：即章华台，宫名。

④ 芳草：这里指春光。

⑤ 殊：竟，尚。

译文

幽怨的琴声在长夜中回荡，弦音悲切，似有凄风苦雨缭绕。孤灯下，又听见楚角声哀，清冷的残月徐徐沉下章台。芳草渐渐枯萎，已到生命尽头，亲人故友，从未来此地。鸿雁已往南飞，家书不能寄回。

赏析与吟诵

这首诗是怀人思乡之作。诗人在孤灯下想念着亲人，满腹愁肠，家书无法送达，更加重了忧伤的情绪。

诗中表达了一种无可奈何的恨，读起来悲凉凄楚，叫人断肠，吟诵时要注意这一基调。“回”叶音为“huái”。

闺怨

王昌龄

闺中少妇不曾愁，春日凝妆[①]上翠楼。
忽见陌头[②]杨柳色，悔教夫婿觅封侯[③]。

注释

① 凝妆：浓妆打扮。

② 陌头：路边。

③ 觅封侯：从军建功封爵。觅，寻求。

译文

闺中少妇未曾有过相思离别之愁，在明媚的春天，她精心妆扮，登上高楼。忽然看到路边的杨柳春色，惆怅之情涌上心头，她悔恨当初不该让丈夫为了建功封侯从军边塞。

赏析与吟诵

这是一首描写少妇赏春心理变化的闺怨诗。诗歌将闺中少妇微妙的心理变化逐步表现出来，使读者从一刹那窥见全过程，很耐人寻味。

本诗无刻意写怨愁，但怨极深、愁极重。吟诵时要将少妇悔恨哀怨之情表现出来。

近试上张水部[①]

朱庆馀

洞房昨夜停红烛[②]，待晓堂前拜舅姑[③]。
妆罢低声问夫婿，画眉深浅入时无[④]。

注释

① 张水部：即张籍，曾任水部员外郎。

② 停红烛：让红烛通宵点着。停，留置，摆放。

③ 舅姑：公婆。

④ 入时无：和不合乎时宜。这里借喻文章是否合适。

译文

洞房里昨夜花烛彻夜通明，新娘等待天亮去堂前拜见公婆讨个好评。梳妆停当轻轻地问丈夫一声，我的眉毛画得浓淡可合时兴。

赏析与吟诵

这是一首在科举前所作的呈给张籍的行卷诗。全诗以“入时无”三字为灵魂。新娘打扮得入不入时，能否讨得公婆欢心，最好先问问新郎，如此精心设问寓意自明，令人赞叹。相传张籍读后大为赞赏，并有诗回赠，朱因而得名。

诗人以新娘自比，以新郎比张籍，以公婆比主考官，颇具新意。新诗呈上后，诗人的心情是忐忑不安的，吟诵时要注意把控语气，首句“烛”字既是韵字，又是入声字，略微长吟。

江南曲①

李　益

嫁得瞿塘贾②，朝朝误妾③**期**。
早知潮有信④，嫁与弄潮**儿**⑤。

注释

① 江南曲：古代歌曲名。原是《相和歌》的曲名，为《江南弄》七曲之一。

② 瞿塘贾：在长江上游做买卖的商人。

③ 妾：古代女子自称的谦辞。

④ 潮有信：潮水的涨落有一定的时间，叫“潮信”。

⑤ 弄潮儿：潮水涨时戏水的人或潮水涨时乘船入海的人。

译文

我真后悔嫁作瞿塘商人妇，他天天把相会的佳期耽误。早知道潮水的涨落这么守信，还不如嫁给一个弄潮的丈夫。

赏析与吟诵

这是一首写商妇候夫不归的闺怨诗。本诗吸取了乐府民歌的长处，语言明白如话，耐人寻味。

“嫁与弄潮儿”既是痴语，也是苦语，写出了思妇怨怅之极的心理状态。吟诵中要展示出由盼生怨、由怨生悔的内心矛盾。“儿”字叶音为“ní”。

离思五首（其四）

元　稹

曾经沧海难为水[①]，除却巫山不是云[②]。

取次[③]花丛懒回顾，半缘修道[④]半缘君。

注释

①“曾经”句：此句化用《孟子·尽心篇》“观于海者难为水”，意思是已经观看过茫茫大海的水势，那江河之水就算不上水了。

②“除却”句：此句化用宋玉《高唐赋》里“巫山云雨”的典故，意思是除了巫山上的彩云，其他的都称不上彩云。

③ 取次：仓促，随意。

④ 修道：诗人信佛信道，此指品德学问的修养。

译文

曾经领略过苍茫的大海，就觉得别处的水相形见绌，曾经领略过巫山的云霭，就觉得别处的云黯然失色。即使身处万花丛中，我也懒得回头一望，这也许是因为修身治学，也许又是因为你的缘故吧。

赏析与吟诵

这首诗是悼念亡妻之作。诗人运用比喻的手法，以精警的词句，赞美了夫妻之间的恩爱，表达了对妻子的忠贞和怀念之情。

“沧海水”“巫山云”，实际上隐喻他们夫妻之间的感情有如沧海之水和巫山之云，其深广和美好是无与伦比的。就全诗情调而言，它言情而不庸俗，瑰丽而不浮艳，悲壮而不低沉。吟诵时要注意把握好这一分寸。

为有

李商隐

为有云屏①无限**娇**，凤城②寒尽怕春**宵**。

无端嫁得金龟婿③，辜负香衾④事早**朝**。

注释

① 云屏：以云母饰制的屏风，古代皇家或富贵人家所用。

② 凤城：京城。

③ 金龟婿：做官的丈夫。

④ 衾：被子。

译文

云母屏风后，锁着无限娇媚的人儿；

京城寒冬已尽，我还害怕春宵难挨。

为什么我嫁个做官的丈夫？

辜负了锦衾香帐，为早朝将我撇开。

赏析与吟诵

这是一首闺怨诗，诗的中心字眼是第二句的“怕”字。“无端”二字展现出这位少妇娇嗔的口吻，表达了她对丈夫、对春宵爱恋的深情。

诗中惋惜之感与怨恨之情交织，吟诵时要处理好这种复杂的情感。

嫦娥[1]

李商隐

云母屏风烛影**深**[2]，长河[3]渐落晓星**沉**。

嫦娥应悔偷灵药，碧海青天[4]夜夜**心**[5]。

注释

① 嫦娥：古代神话中的月中仙女。

② 深：暗。

③ 长河：银河。

④ 碧海青天：指嫦娥的枯燥生活，只能见到碧色的海和深蓝色的天。

⑤ 夜夜心：指嫦娥每晚都会感到孤独。

译文

透过装饰着云母的屏风，烛影渐渐暗淡下去，银河也渐渐地消失，星辰沉没在黎明的曙光里。嫦娥应该悔恨偷吃了成仙的灵药，从此面对碧海青天，永远孤独寂寞。

赏析与吟诵

本诗语言含蕴，情调伤感。后两句可以说是诗人寂寞的心灵独白。

吟诵时要将诗中表达的凄清孤独之情体现出来。

赠别（其二）

杜 牧

多情却似总无**情**①，唯觉樽②前笑不**成**。

蜡烛有心还惜别，替人垂泪到天**明**。

注释

①“多情”句：意谓多情者满腔情绪，一时无法表达，无言相对，倒像彼此无情。

② 樽：酒杯。

译文

聚首如胶似漆，作别却像无情，只觉得酒宴上要笑却笑不出声。案头蜡烛有心它还依依惜别，你看它替我们流泪流到天明。

赏析与吟诵

这首诗抒写了诗人对妙龄歌女留恋惜别的心情。本诗语言精练流畅、清爽俊逸、细致入微地刻画了人物的心理状态，表达了悱恻缠绵的情思，意境深远。

就诗而论，表现的感情还是很深沉、很真挚的。想笑是由于“多情”，“笑不成”是由于太多情。这种看似矛盾的情态描写，把诗人内心的真实感受，说得委婉而尽致，极有情味。吟诵时要将这一真情实感传达出去，几个入声字要读短音。

无题

李商隐

相见时难别亦**难**，东风无力百花**残**。
春蚕到死丝[①]方尽，蜡炬成灰泪[②]始**干**。
晓镜但愁云鬓[③]改，夜吟应觉月光**寒**。
蓬山[④]此去无多路，青鸟[⑤]殷勤为探**看**。

注释

① 丝：与“思”谐音，双关语。比喻相思。

② 泪：指烛泪，也指相思之泪，双关语。

③ 云鬓：青年女子浓密的头发，借指青春年华。

④ 蓬山：即蓬莱山，传说中的海上仙山。此指所思念女子居住的仙境。

⑤ 青鸟：传说为西王母送信的神鸟。后为信使的代称。

译文

见面不容易，离别时更是难舍难分，何况是在东风将近的暮春时节，百花已凋谢。春蚕吐尽最后一丝才结束自己的生命，蜡烛要等烛泪烧干了才肯化为灰烬。她早晨装扮照镜，担忧浓密的头发改变颜色、青春的容颜消失。我夜晚在月光下长吟不寐，感到冷月寒气侵人。从这里到她住的蓬莱仙山已经不远了，却无路可通，希望有青鸟一样的使者殷勤地替我去探望一下吧。

赏析与吟诵

这是一首极富魅力的爱情诗，感情炽烈缠绵，深挚沉着，又带有浓郁的悲剧色彩。全诗重在抒情，融比喻与象征为一体，给人们留下宽广的想象空间。

颔联已成为歌咏爱情的千古名句。吟诵这一联时，宜音调扬起些，语速稍快些，要吐字有力，语气坚定。吟诵节奏可用“二二二一”的格式，“看”是韵脚，应读平声。

锦瑟[1]

李商隐

锦瑟无端[2]五十**弦**，一弦一柱[3]思华**年**。
庄生晓梦迷蝴蝶，望帝[4]春心托杜**鹃**。
沧海月明珠有泪[5]，蓝田[6]日暖玉生**烟**。
此情可待成追忆，只是当时已惘**然**。

注释

① 锦瑟：装饰华美的瑟。瑟是古代一种弦乐器，其声调悲凉。

② 无端：无缘无故。

③ 一弦一柱：一音一阶。

④ 望帝：《寰宇记》：“蜀王杜宇，号望帝，后因禅位，自亡去，化为子归。”子归，即杜鹃。

⑤ 珠有泪：传说南海有鲛人，其泪能出珠。

⑥ 蓝田：即蓝田山，在今陕西省蓝田县，为有名产玉之地。

译文

华美的瑟啊，你为什么无缘无故有五十根弦？弦弦诉说对往昔的思念。庄周翩翩起舞，睡梦中已化为蝴蝶。望帝思乡心切，一片思念托付给杜鹃。海上升起明月，鲛人的眼泪，变成了珍珠。蓝田的美玉，阳光下仿佛燃生出轻烟。追忆呀追忆那往昔的情景，可惜当时只是一片茫然。

赏析与吟诵

诗题“锦瑟”，但并非咏物，不过是按古诗惯例以篇首二字为题，实是借瑟以隐题的一首无题诗，是李商隐的代表作之一。本诗运用象征、隐喻的手法，创造性地发展了传统的比喻方法，中间两联引典精辟、譬喻精深。

全诗辞藻华美，含蓄深沉，情真意长，感人至深。吟诵时入声字读短音，音调低沉，语速稍缓。

无题二首（其一）

李商隐

昨夜星辰昨夜**风**，画楼[1]西畔桂堂[2]**东**。
身无彩凤双飞翼，心有灵犀[3]一点**通**。
隔座送钩春酒暖，分曹射覆[4]蜡灯**红**。
嗟余听鼓应官去，走马兰台[5]类转**蓬**[6]。

注释

① 画楼：装饰彩绘的楼阁。

② 桂堂：华美的厅堂。

③ 灵犀：犀牛角在古代被视为灵异之物。

④ 送钩、射覆：酒宴上的游戏。

⑤ 兰台：秘书省。

⑥ 转蓬：飘荡不定的蓬草。

译文

昨夜星光灿烂，凉风习习，在那画楼西畔桂堂东侧的酒宴上相逢。你我身上虽然没有彩凤的双翼，不能比翼齐飞，但两颗心却如灵犀一般息息相通。我们隔座而坐，一起玩游戏，喝暖融融的春酒，分组在红红的烛光下猜谜。无奈上朝的时间到了，我只好像那随风飘转的蓬草一样，骑马赶往兰台。

赏析与吟诵

此诗追忆宴席上与一女子一见钟情，但相望而不能相亲的情景。这首诗有虚有实、变幻迷离，有极强的艺术感染力。

吟诵时要将诗人喜悦而又略带惋惜的情感充分表达出来。节奏可用“四三”格式，末联音调要略为低沉。

独不见

沈佺期

卢家少妇郁金**堂**[①]，海燕双栖玳瑁[②]**梁**。
九月寒砧[③]催木叶，十年征戍忆辽**阳**[④]。
白浪河[⑤]北音书断，丹凤城[⑥]南秋夜**长**。
谁谓含愁独不见，更教明月照流**黄**[⑦]。

注释

① 郁金堂：以郁金香料涂抹的堂屋。

② 玳瑁：海生龟类，甲呈黄褐相间的花纹，古人用为装饰品。

③ 寒砧：指捣衣声。

④ 辽阳：指今辽宁省辽阳市附近地区，古为东北边防要地。

⑤ 白浪河：今辽宁境内大凌河。

⑥ 丹凤城：此指长安。相传秦穆公的女儿弄玉吹箫，引来凤凰，故称咸阳为丹凤城。

⑦ 流黄：黄紫色相间的丝织品，此指帷帐。

译文

卢家少妇深居郁金香料涂抹的闺房，一对海燕双栖在玳瑁装饰的屋梁。深秋九月的捣衣声，吹落树上的枯叶，丈夫守边十年，她日夜想念着辽阳。他去白浪河北，而今音讯全部隔断，她在城南思念更觉秋夜漫长。有谁能理解她，独自怀愁不得相见，偏偏明月透过纱窗，照着黄紫色的帷帐。

赏析与吟诵

这首七律是借用了乐府古题“独不见”，是一首思妇的闺怨诗。其构思新巧，用笔凝练。

诗人以委婉缠绵的笔调，生动细腻地刻画了一位身处京城华屋的思妇辗转不得寝席的孤独愁苦情状。吟诵时节奏可用“四三”格式。中间两联对仗工整，平仄顿挫要有力。

新嫁娘（其三）

王 建

三日①入厨下，洗手做羹**汤**。
未谙②姑食性③，先遣④小姑⑤**尝**。

注释

① 三日：古代风俗，新媳妇婚后第三天须下厨做饭菜。

② 谙：熟悉。

③ 姑食性：婆婆的口味。

④ 遣：让。

⑤ 小姑：也称小姑子，丈夫的妹妹。

译文

古代新媳妇婚后三日要下厨房做饭菜，她郑重其事地做起了菜肴。不熟悉婆婆对饭菜的口味怎么办呢？那就让小姑子先去尝尝吧。

赏析与吟诵

本诗取材极为平常，但构思精巧，读来饶有情趣，富有浓郁的生活气息。

吟诵的情调是欢快略带紧张的，末句尾字要上扬。

秋思

张　籍

洛阳城里见秋**风**，欲作家书意万**重**[①]。
复恐匆匆说不尽，行人[②]临发又开**封**[③]。

注释

① 意万重：形容要表达的意思很多。

② 行人：捎信的人。

③ 开封：拆开已经封好的家书。

译文

看到洛阳城里刮起了秋风，引起了我对家乡的思念，写一封家书来表达说不完的情意。恐怕匆匆忙忙地写信没能把该说的话说完，当捎信人将要出发时，又不放心地打开了信封，再添上几句深情的话。

赏析与吟诵

这是一首乡愁诗。通过叙述写信前后的心情，表达乡愁之深。这首诗与众不同的是寄深沉于浅淡，寓曲折于平缓，寥寥数语，却有无穷意味。

全诗寓情于事，写出了游子对家乡亲人的深切怀念。吟诵时要饱含深情，委婉地予以表达。

忆扬州

徐　凝

萧娘[1]脸薄[2]难胜泪，桃叶[3]眉间易觉愁。
天下三分明月夜，二分无赖[4]在扬州。

注释

① 萧娘：南北朝以来，诗词中男子所恋的女子常被称为萧娘，女子所恋的男子常被称为萧郎。

② 脸薄：容易害羞，这里形容女子娇美。

③ 桃叶：原指晋王献之爱妾名。这里指少女或思念的佳人。

④ 无赖：可爱，可喜。

译文

少女娇美的脸上怎么能藏住相思的眼泪，她们可爱的眉梢上所挂的一点忧愁也容易被人察觉。天下明月的光华有三分吧，可爱的扬州，你竟然占去了二分。

赏析与吟诵

说是“忆扬州”，实际上是一首怀人的作品，而标题却偏说怀念地方。徐凝此诗将扬州明月装点出无限风姿，使后人对扬州的向往如痴如醉，致使“二分明月”成为扬州的代称。

吟诵时心情应是舒心愉快的，“在扬州”要发出悠长的咏叹。

过故人庄

孟浩然

故人具鸡黍[①]，邀我至田家。
绿树村边合，青山郭外斜。
开轩面场圃，把酒话桑麻[②]。
待到重阳日，还来就菊花[③]。

注释

① 鸡黍：鸡和黄米饭。指丰盛的饭菜。

② 话桑麻：谈论农事。

③ 就菊花：即赏菊。

译文

老朋友准备了丰盛的饭菜，请我到他的田园农家做客。绿树把村子环抱，青山在村外远远地延伸。开窗面对着晒谷场和菜园，举杯闲话农事。待到九月九日重阳节，我一定还会再来，与你共同欣赏美丽的菊花。

赏析与吟诵

这是一首田园诗，描写农家怡静闲适的生活情景，也写老朋友的情谊。语言朴实无华，意境清新隽永。

这首诗融叙事、描写、抒情为一体，体现出诗人对远离尘嚣、恬静优裕的田园生活的向往。吟诵时要将悠闲舒心的情绪表现出来。中间两联对仗工整，平仄音调要把握好。节奏用“二三”的格式。

渭川[1]田家

王　维

斜阳照墟落[2]，穷巷[3]牛羊归。

野老念牧童，倚杖候荆扉。

雉雊[4]麦苗秀，蚕眠桑叶稀。

田夫荷锄至，相见语依依。

即此羡闲逸，怅然吟《式微》[5]。

注释

① 渭川：即渭水。源于甘肃鸟鼠山，经陕西流入黄河。

② 墟落：村墟篱落。

③ 穷巷：深巷。

④ 雉雊：指野鸡鸣叫。

⑤《式微》：《诗经》里的一篇，其诗有归隐之意。

译文

村庄处处披满夕阳余晖，牛羊沿着深巷纷纷回归。

老叟惦念着放牧的孙儿，拄杖等候在自家的柴门。

野鸡鸣叫麦儿即将抽穗，蚕儿成眠桑叶已经薄稀。

农夫们荷锄回到了村里，相见欢声笑语恋恋依依。

如此安逸怎不叫我羡慕，我不禁怅然地吟起《式微》。

赏析与吟诵

诗人描绘了一幅恬然自乐的田家暮归图。末句“怅然吟《式

微》”是全诗的重心和灵魂，画龙点睛式地揭示了主题。

本诗以朴素的白描手法，写到了人与物皆有所归的景象，抒发了诗人渴望有所归、羡慕平静悠闲的田园生活的心情，流露出诗人在官场的孤苦、郁闷。末句吟诵要饱含深情，把诗人复杂的心境表达出来。

野望

王　绩

东皋[①]薄暮望，徙倚[②]欲何**依**。
树树皆秋色，山山唯落**晖**。
牧人驱犊返，猎马带禽[③]**归**。
相顾无相识，长歌怀采**薇**[④]。

注释

① 东皋：诗人隐居的地方。

② 徙倚：徘徊，来回地走。

③ 禽：鸟兽，这里指猎物。

④ 采薇：指隐居生活。相传周武王灭商后，伯夷、叔齐不愿做周的臣子，在首阳山上采薇而食，最后饿死。薇，是一种植物。

译文

傍晚时分站在东皋村头极目远望，我四处徘徊不知该归依何方。层层树林都染上醉人的秋色，重重山岭披覆着落日的余晖。牧人悠然地赶着牛群返回家园，猎户带着猎物回家。大家相对无言彼此互不相识，我真想高歌隐居在山冈。

赏析与吟诵

此诗唐诗中较早的一首格律完整的五言律诗，也是王绩的代表作。全诗自然流畅，风格朴素清新，在当时的诗坛上别具一格。

诗中描写了隐居之地的清幽秋景，在闲逸的情调中，又带有几分彷徨、孤独和苦闷。末句点明了诗人追怀伯夷、叔齐，向往归隐清静的田园生活。中间两联对仗严整，吟诵时要顿挫有致，末句带有惆怅之情。

雨过山村

王　建

雨里鸡鸣一两家，竹溪村路板桥斜。
妇姑[1]相唤浴蚕[2]去，闲着中庭栀子花。

注释

① 妇姑：嫂嫂和小姑子。

② 浴蚕：古时候将蚕种浸在盐水中，用来选出优良的蚕种，称为浴蚕。

译文

雨中有一两户人家传来鸡鸣声，小溪两边长满翠竹，乡村小路越过小溪，木板桥歪歪斜斜。农家的嫂嫂和小姑子相唤去选蚕种，庭院中的栀子花闲着无人欣赏。

赏析与吟诵

这首山水田园诗，富有诗情画意，又充满劳动生活的气息。末句一个“闲”字，是全篇的诗眼，着此一字而境界全出。

吟诵时“斜”字叶音为“xiá”。

于易水[1]送别

骆宾王

此地别燕丹，壮士[2]发冲冠[3]。
惜时人已没[4]，今日水犹寒[5]。

注释

① 易水：即易河。发源于河北省易县。《战国策》载，战国时荆轲受燕太子丹之托刺杀秦王。临行时，燕丹等人着白衣冠送于易水。

② 壮士：指荆轲。

③ 发冲冠：形容人极愤怒，因而头发直立，把帽子都冲起来了。

④ 没：同“殁”，死。

⑤ 犹寒：仍然寒冷。寒，这里指壮士的凛然之气。

译文

就是在这个地方燕太子丹送别荆轲，壮士慷慨激昂，场面悲壮。那时的人都不在了，今天的易水还是寒冷如初。

赏析与吟诵

这是一首抒情送别诗。诗人借用荆轲刺秦王与燕国太子丹易水告别之事，一吐胸中郁闷失意之情，慷慨苍凉，凝练有力。

诗中抒发了诗人内心积极向上的情怀，表达了其报国无门的失落感和勇往直前的进取精神。吟诵时要把握失意不失志的基调，给人以希望和力量。

送杜少府[①]之任蜀州[②]

王　勃

城阙[③]辅三秦[④]，风烟望五津。
与君离别意，同是宦游[⑤]人。
海内存知己，天涯若比邻。
无为在歧路[⑥]，儿女共沾巾[⑦]。

注释

① 少府：官名。

② 蜀州：今四川省崇州市。

③ 城阙：指唐代都城长安。

④ 辅三秦：被三秦护卫。三秦，指长安城附近的关中一带。

⑤ 宦游：因仕宦而漂泊。

⑥ 歧路：岔路口，此指分别的地方。

⑦ 沾巾：泪水沾湿衣服。指挥泪告别。

译文

关中地区护卫着长安城，风烟迷茫中我眺望你将远去的蜀州。你我离别有着共同的感慨，我们都是在外漂泊做官的人。只要有志同道合的朋友，即使远在天涯，也犹如在身边一样。不要在分手的岔路口

徘徊忧伤，像多情的儿女一样，任泪水打湿衣裳。

赏析与吟诵

这首诗是送别佳作，也是诗人的代表作。全诗开合顿挫，气脉畅通，意境旷达，音调爽朗，一洗古送别诗中的悲凉凄怆之气。

全诗表现出诗人积极乐观、胸襟宽广的情怀。颈联“海内存知己，天涯若比邻”已成为赞颂朋友之情的千古名句。吟诵时要将诗人乐观积极向上的情绪传达出来。

送韦城李少府

张九龄

送客南昌尉[①]，离亭西候**春**。

野花看欲尽，林鸟听犹**新**。

别酒青门路，归轩[②]白马**津**。

相知无远近，万里尚为**邻**。

注释

① 尉：县尉的简称，亦称少府。

② 轩：这里指车。

译文

送别客人南昌县尉，路旁驿亭分别之时正是春天。野花尽收眼底，林中鸟鸣听起来尤为清新。在长安青门路边饮下离别的酒，归车回到白马津。知己无论远近，相隔万里都能像邻居一样。

赏析与吟诵

这是一首赠别诗。首联直奔主题，点名所送客人及时间、地点，颔联极力渲染周围优美环境，颈联又作必要补充。尾联赞颂朋友友谊之深。

本诗感情真挚，辞藻清丽，尾联已成为千古名句，为人们所传诵。吟诵时语调要舒缓，表现出朋友间情深义重。

春夜别友人（其一）

陈子昂

银烛吐青烟，金樽对绮筵[①]。
离堂思琴瑟[②]，别路绕山川。
明月隐高树，长河[③]没晓天。
悠悠[④]洛阳道，此会在何年。

注释

① 绮筵：丰盛的宴席。

② 琴瑟：比喻友情。语出《诗经·小雅·鹿鸣》：“我有嘉宾，鼓瑟鼓琴。”

③ 长河：银河。

④ 悠悠：指遥远。

译文

明亮的蜡烛吐着缕缕青烟，高举金杯面对精美丰盛的席宴。饯别的厅堂里回忆着朋友的情意，分别后要绕山过水，路途遥远。宴席一

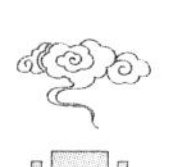

直持续到明月隐蔽在高树之后，银河消失在拂晓之中。走在这悠长的洛阳道上，不知什么时候才能再相会？

赏析与吟诵

这是一首送别诗。全诗层次分明，语言畅达优美，结构回环曲折，从优美的意象描写中自然流露出朋友之间的深厚感情。

末句着一“何”字，强调后会难期，流露了离人之间的隐隐哀愁。吟诵中要传达出朋友之间的真挚情感。末联声音要悠长厚重，节奏可用“二三”格式。

沙丘[1]城下寄杜甫

李　白

我来竟[2]何事，高卧[3]沙丘**城**。

城边有古树，日夕连秋**声**。

鲁酒不可醉，齐歌空复**情**。

思君若汶水[4]，浩荡寄南**征**[5]。

注释

① 沙丘：唐代兖州治所。

② 竟：究竟，终究。

③ 高卧：高枕而卧，指隐居。

④ 汶水：鲁地河流名，流经山东西部。

⑤ 南征：南行，代指往南而去的杜甫。

译文

我来这里终究是为了什么事？高枕安卧在沙丘城。沙丘城边有苍老古树，白日黑夜沙沙有声。鲁地的薄酒难使人醉，齐歌情浓徒然相随。我思念您的情思如滔滔汶水，汶水浩浩荡荡向南流去寄托着我的深情。

赏析与吟诵

李白与杜甫的友谊是中国文学史上珍贵的一页。诗人寄情于汶水，点明主旨。那流水不息，相思不绝的意境更营造了语尽情长的韵味。吟诵时要充满感情，几个入声字读短音。

春日忆李白

杜　甫

白也诗无敌，飘然思不**群**。
清新庾开府，俊逸鲍参**军**[1]。
渭北春天树，江东[2]日暮**云**。
何时一樽酒，重与细论**文**。

注释

① 庾开府、鲍参军：指庾信、鲍照，均为南北朝时著名诗人。

② 渭北、江东：分别指当时杜甫所在的长安一带与李白所在的长江下游南岸地区。

译文

李白的诗作无人能敌，他那高超的才思超凡脱俗。他的诗作既有庾信诗作的清新之气，又有鲍照作品那种俊逸之风。如今我在渭北独对着春日的树木，而你在江东远望那日暮薄云，天各一方，只能遥相思念。我们什么时候才能同桌饮酒，再次仔细探讨诗作呢。

赏析与吟诵

本诗始终贯穿着一个“忆”字，通过以景寓情的手法，将作者的思念之情，写得深厚无比，情韵绵绵。

诗的中间两联对仗严整，吟诵时要把握好平仄。

与梦得①沽酒②闲饮且约后期

白居易

少时犹③不忧生计，老后谁能惜酒**钱**？
共把十千④沽一斗，相看七十欠三**年**。
闲征⑤雅令⑥穷⑦经史，醉听清吟胜管**弦**。
更待菊黄⑧家酝熟，共君一醉一陶**然**⑨。

注释

① 梦得：诗人刘禹锡，字梦得。

② 沽酒：买酒。

③ 犹：还，尚且。

④ 十千：十千钱，言酒价之高，以示尽情豪饮。

⑤ 征：征引，指行酒令的动作。

⑥ 雅令：高雅的酒令，自唐以来盛行于士大夫间的一种饮酒游戏。

⑦ 穷：寻根究源。

⑧ 菊黄：指菊花盛开的时候，通常指重阳节。

⑨ 陶然：形容闲适欢乐的样子。

译文

少年时尚不知为生计而忧虑，到老来谁还痛惜这几个酒钱？
你我争拿十千钱买一斗好酒，醉眼相看都已七十只差三年。
闲来征求酒令穷搜经书史籍，酒醉聆听吟咏胜过管弦之声。
待到菊花黄时自家的酒酿熟，我再与你一醉方休共乐陶然。

赏析与吟诵

此诗题中“闲饮”二字透露出诗人寂寞而闲愁难遣的心境。全诗言简意富，语淡情深，用赋体白描，透出一种炉火纯青的艺术功力。

“共君一醉一陶然”既表现了挚友间的深情厚谊，又流露出一种哀伤和愁苦。要吟诵出诗人对世事艰难的深刻感受和体验，表现出两位有着相同命运诗人的深厚友情。吟诵时入声字读短音。

云阳[1]馆与韩绅宿别

司空曙

故人江海[2]别，几度[3]隔山川。
乍见翻[4]疑梦，相悲各问年。
孤灯寒照雨，深竹暗浮烟。
更有明朝恨，离杯[5]惜共传。

注释

①云阳：县名，在今陕西泾阳县西北。

②江海：指上次的分别地，也泛指江海天涯，相隔遥远。

③几度：几次，此处犹言几年。

④翻：反而。

⑤离杯：饯别之酒。

译文

自从和老友在江海分别，隔山隔水已度过多少年。

突然相见反而怀疑是梦，悲伤叹息互相询问年龄。

孤灯暗淡照着窗外冷雨，幽深的竹林漂浮着云烟。

明朝更有一种离愁别恨，难得今夜聚会传杯痛饮。

赏析与吟诵

这是首惜别诗，写诗人与老友久别重逢，竟以为在梦中。全诗语调平淡，却情深意长。

中间两联语极工整，写悲喜伤感、笼罩寒夜，千言万语都在其中。末联轻轻收结，略略冲淡。吟诵中要将不舍的深厚情谊展现出来，几个入声字要短读。

送李中丞①归汉阳别业

刘长卿

流落征南将，曾驱十万师。

罢归无旧业②，老去恋明时③。

独立三边④静，轻生⑤一剑知。

茫茫江汉上，日暮⑥欲何之。

注释

① 中丞：御史中丞的简称。唐时边将往往有加御史中丞或御史大夫一类的虚衔。

② 旧业：故乡的田地产业。

③ 明时：对当时朝代的美称。

④ 三边：汉朝时以幽州、并州、凉州为三边。此泛指边疆。

⑤ 轻生：为国家而轻视自己的生命。

⑥ 日暮：双关语。既指时近黄昏，也指李中丞年老悲凉。

译文

四处流落的征南将，你曾经统帅十万雄师。罢职归来产业全无，到老还留恋如今的盛世。你独立迎战，威震边疆。你出生入死，只有随身的宝剑知道。在这茫茫的江水上，日落后你将去何方。

赏析与吟诵

这是首赠别诗。诗中赞扬了李中丞久经沙场、忠勇为国，感伤他老来流落的境遇。

全诗对老将寄予无限的同情，感情激昂。刻画人物形象生动，含蓄沉郁。末联对李中丞的担心、怜悯之情要在音调中充分表达，吟诵可用“二二一”格式。

和[①]晋陵[②]陆丞《早春游望》

杜审言

独有宦游人，偏惊物候[③]新。
云霞出海曙，梅柳渡江春。
淑气[④]催黄鸟，晴光转绿蘋[⑤]。
忽闻歌古调[⑥]，归思沾巾。

注释

① 和：指用诗应答。

② 晋陵：今江苏省常州市。

③ 物候：指自然界的气象和季节变化。

④ 淑气：和暖的气候。

⑤ 绿蘋：指水中的浮萍。

⑥ 古调：指陆丞写的《早春游望》。

译文

远离故乡外出做官的人，对物候特别敏感。海上云霞灿烂旭日即将东升，江南梅柳绿，江北却才回春。和暖的春风催促着黄莺歌唱，晴朗的阳光下浮萍颜色转绿。忽然听到你歌吟古朴的曲调，勾起归思情怀令人落泪沾巾。

赏析与吟诵

诗人借万物更新之景，抒发自己宦游他乡的感慨和对家乡的思念。

整首诗语言生动、构思精巧，体现了很高的艺术性。中间两联吟诵时要把油然而生的思归情感表达出来。

望洞庭湖赠张丞相[①]

孟浩然

八月湖水平，涵虚[②]混太清[③]。
气蒸云梦泽[④]，波撼岳阳城[⑤]。
欲济无舟楫[⑥]，端居[⑦]耻圣明[⑧]。
坐观垂钓者，徒有羡鱼情。

注释

① 张丞相：即张九龄。

② 涵虚：水汽弥漫空中，天空倒映在水里。

③ 太清：天空。

④ 云梦泽：在湖南省北部、湖北省南部。古为二泽，云泽在长江北、梦泽在长江南。现大多为平原。

⑤ 岳阳城：即湖南省岳阳市，在洞庭湖东岸。

⑥ 舟楫：船桨。

⑦ 端居：闲居，安居。这里指隐居。

⑧ 耻圣明：有愧于圣明之世。

译文

八月洞庭涨秋水，湖波荡漾与岸齐，水气弥漫，湖天相连浑然一体。水汽蒸腾笼罩云梦泽，波涛汹涌似乎把岳阳城撼动。想渡大湖又没有舟楫，闲居无事愧对盛世明君。闲坐观看别人临河垂钓，可惜只能空怀羡鱼之情。

赏析与吟诵

本诗采用比喻的手法，借景抒情，含蓄地表达了自己欲官报国而苦无引荐的失意心情。末联直抒胸臆，向张丞相倾诉衷肠并希冀得到赏识。

全诗措辞巧妙，不卑不亢，颇具艺术特色。吟诵时要把握诗人失意不失志的心理，用沉郁的音调表达出来。

醉后赠张九旭①

高　适

世上漫②相识，此翁殊不然。
兴来书自圣③，醉后语尤颠。
白发老闲事④，青云⑤在目前。
床头一壶酒，能更几回眠。

注释

① 张九旭：即张旭，是杰出的书法家，有“草圣”之称。

② 漫：随便，不受约束。

③ 书自圣：书法自然能达到极高的境地。

④ 闲事：以闲居自乐为事。

⑤ 青云：比喻高官显贵。

译文

世上的人总是随意交朋友，而这位老人却不这样。兴致一来书法自然天成，醉酒之后的语言尤其豪放癫狂。头发白了而恬然自乐，不问他事。最近朝廷任命他为书学博士，平步青云。他床头放着一壶酒，人生能有几回醉呢。

赏析与吟诵

张旭有两个称号，一是“草圣”，二是“张颠”。首联采用欲扬先抑的手法突出张旭的个性与众不同。

全诗在章法上虚实结合，使诗人的感情与诗中主人公的形象融为一体，产生动人的艺术力量。吟诵时语气要欢快活泼，以真切动人。

酬曹侍御①过象县②见寄

柳宗元

破额山③前碧玉**流**④，骚人遥驻木兰**舟**。

春风无限潇湘意，欲采蘋花不自**由**。

注释

① 侍御：官名，侍御史的简称。

② 象县：今广西象州县，时作者贬谪广西柳州，经过象县。

③ 破额山：象县附近，紧靠柳江的一座山。

④ 碧玉流：形容柳江的清澈如碧玉之色。

译文

破额山前，碧玉般的江水不停地向东流去，诗人远远立在船上。你的赠诗有如春风拂面，引起我无限的深情思念，我多想采束蘋花送给你，却因为公事缠身不得自由。

赏析与吟诵

这是一首酬答友人的小诗。全诗比兴并用，虚实相生，能够唤起读者的许多联想。

诗中所描写的风景十分优美，但抒发的情思却抑郁苦闷，渗透着牢骚不平。吟诵中要把这种沉郁悲愤的情感体现出来。

酬[①]乐天[②]扬州初逢席上见赠

刘禹锡

巴山楚水[③]凄凉地，二十三年弃置身[④]。
怀旧空吟闻笛赋[⑤]，到乡翻似烂柯人[⑥]。
沉舟侧畔千帆过，病树前头万木春。
今日听君歌一曲，暂凭杯酒长精神。

注释

① 酬：酬答，这里指用诗歌赠答。

② 乐天：唐朝大诗人白居易，字乐天。

③ 巴山楚水：指今四川、湖南、湖北一带，是作者当年接连被贬之地。

④ 弃置身：指遭受贬谪的诗人自己。

⑤ 闻笛赋：指西晋向秀的《思旧赋》。

⑥ 烂柯人：指晋人王质。

译文

在巴山楚水这些凄凉的地方，我度过了二十三年沦落的时光。怀念故友只能吟诵西晋向秀闻笛时写的《思旧赋》，久谪归来感到已非旧时光景。沉舟的旁边正有千帆竞发，病树的前头正是万木争春。今天听了你为我吟诵的诗篇，暂且借这一杯美酒振奋精神。

赏析与吟诵

这首诗表现了诗人不以荣辱得失为怀的豁达胸襟，他虽遭贬谪长达二十三年却不甘沉沦，仍积极乐观。诗歌采用先抑后扬的手法，表现了诗人坚毅不屈的性格。

全诗跌宕有致，富有哲理、催人奋进。吟诵中要将诗人振奋精神、坚韧不拔的意志表现出来，给人以鼓舞，语气要先低沉后振作。

酬张少府

王　维

晚年惟好静，万事不关**心**。
自顾无长策①，空知返旧**林**。
松风吹解带，山月照弹**琴**。
君问穷通理②，渔歌③入浦**深**④。

注释

① 长策：好计策。

② 穷通理：命运穷蹇和通显的道理。

③ 渔歌：这里暗用《楚辞·渔父》典故，表明世道清明宜出仕，世道昏暗宜隐遁。

④ 浦深：河岸的深处。

译文

人到晚年特别喜好安静，对人间万事都漠不关心。自知没有高策可以报国，只求归隐家乡的山林。宽衣解带对着松风乘凉，山月高照我弄弦弹琴。你问世间穷困通达的道理，我驾着船唱着渔歌进入渔浦深处。

赏析与吟诵

此诗为诗人晚年所作，写出了王维晚年的心境。诗歌平淡、自然，意味深长。

颈联写归隐田园时生活的自在和心情的闲适。末句以不答答之，表明诗人归隐生活非常快意，似对天地间大道理有所领悟，但通过诗歌，仍透出一点失落与苦闷。吟诵时语调要舒缓，末句长吟。

与浩初上人[①]同看山寄京华亲故

柳宗元

海畔尖山似剑铓[②]，秋来处处割愁肠。

若为[③]化得身千亿，散上峰头望故乡。

注释

① 浩初上人：潭州（今湖南长沙）人，诗人的朋友。

② 剑铓：剑锋。

③ 若为：怎能。

译文

海边的尖山好像利剑锋芒，秋天到来处处能割断人的愁肠。怎能让此身化作千千万万，撒落到每个峰顶眺望故乡。

赏析与吟诵

此诗作于柳州刺史任上。诗人通过奇异的想象、独特的艺术构思、新颖贴切的比喻，将怀念亲友、渴望重回京城的心情倾诉出来。

诗中抑郁之情强烈，抒情沉着痛快。吟诵中要把握诗人这一特有的心境。

寄李儋①元锡

韦应物

去年花里逢君别，今日花开又一年。
世事②茫茫难自料，春愁黯黯③独成眠。
身多疾病思田里④，邑有流亡⑤愧俸钱。
闻道欲来相问讯，西楼望月几回圆。

注释

① 李儋：字元锡，曾任殿中侍御史，作者的朋友。

② 世事：指国家的命运和诗人的前途。

③ 黯黯：心神暗淡。

④ 思田里：想念田园乡里，想要归隐。

⑤ 邑有流亡：指在自己管辖的地区还有百姓流亡。

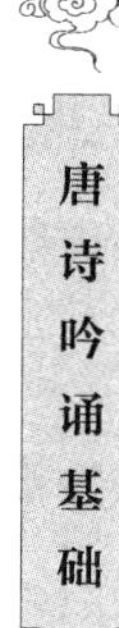

译文

去年花开时节我们依依惜别，如今花开之际分别已有一年。

世事渺茫自我的命运怎能预料，黯然的春愁让我孤枕难眠。

多病的身躯让我想归隐田园，看着流亡百姓愧对国家俸禄。

早听说你将来此地与我相见，我到西楼眺望几度看到明月圆。

赏析与吟诵

这是一首赠友诗。诗中表达了诗人身处衰时乱世，又多病体衰，无力拯救黎民的苦闷心情，真实反映了其内心矛盾。

非常可贵的是诗人能自咎其责，怀爱民之心，发仁者之言，同时表达了思归田里的愿望。吟诵时要把这种复杂的心理活动表现好。

登柳州城楼寄漳汀封连四州[1]

柳宗元

城上高楼接大**荒**[2]，海天愁思[3]正茫**茫**。

惊风乱飐[4]芙蓉水，密雨斜侵薜荔[5]**墙**。

岭树重遮千里目，江流曲似九回**肠**。

共来百越文身地，犹自音书滞[6]一**乡**！

注释

① 漳汀封连四州：指漳州（今福建漳州市）、汀州（今福建长汀县）、封州（今广东封开县）、连州（今广东连州市）。

② 大荒：旷远的田野。

③ 海天愁思：像大海苍天一般无边无际的愁思。

④ 飐：吹动。

⑤ 薜荔：一种蔓生灌木，也称木莲。

⑥ 滞：阻隔，滞留。此句意谓各滞一方，音信难通。

译文

柳州城上的高楼，连接着旷野荒原，我的愁绪像茫茫海天，无边无际。狂风阵阵，吹乱了水上的荷花，暴雨倾盆，斜打着爬满薜荔的土墙。岭上树木重重，遮住了远望的视线，柳江弯弯曲曲，像百结九转的愁肠。咱们五人同时被贬到边远之地，而今音信全无，各自滞留一方。

赏析与吟诵

这首诗是“永贞革新”失败后创作的。诗中运用了比喻、象征的手法，寄情于景，情切意深。

诗中委婉地表达了诗人的悲愤心情和对友人们的深切怀念。吟诵时要基调沉郁，几个入声字读短音。

山中留客

张　旭

山光物态弄春**晖**[1]，莫为轻阴便拟**归**。
纵使晴明无雨色，入云[2]深处亦沾**衣**。

注释

① 春晖：春光。

② 云：指雾气，烟霭。

译文

春光灿烂，山里景色气象万千，令人陶醉，不要因为初见阴云就有了回去的打算。即使天气晴朗，没有一丝雨意，走入云山深处，也会沾湿你的衣裳。

赏析与吟诵

本诗写山中景色之美，以及山中美景“留”客的真情。全诗紧扣“留”字，描绘了一幅意境清幽的山水画。

首句一个“弄”字，赋予万物情态和意趣。全诗表达了诗人对自然美好景色的喜爱之情与希望同友人共赏美景的愿望。吟诵基调轻松、愉悦。

题李凝幽居

贾　岛

闲居少邻并[①]，草径入荒园。
鸟宿池边树，僧敲月下门。
过桥分野色[②]，移石动云根[③]。
暂去还来此，幽期[④]不负言。

注释

① 邻并：邻居。

② 分野色：山野景色被桥分开。

③ 云根：指石头。

④ 幽期：隐居的约定。

译文

住在这里很悠闲，很少有邻居往来，只有一条杂草遮掩的小路通向荒芜的小园。鸟儿栖息在池边的树上，一位僧人正在月下敲响柴门。走过小桥呈现出原野迷人的景色，云脚正在飘动，好像山石也在移动。我暂时要离开这里，但不久还要回来，要按照约定的时间再来拜访，绝不食言。

赏析与吟诵

这首五律是贾岛的代表作之一。写了他访友不遇这样一桩生活小事。

全诗语言质朴，自然流畅，韵味醇厚。末联点出诗人心中幽情，托出诗的主旨，唤起作者对隐逸生活的向往。吟诵时要把握诗人希望闲适生活、访友不期的心境。中间两联对仗严整，平仄须处理好。

白雪歌送武判官①归京

岑　参

北风卷地百草折，胡天八月即飞雪。
忽如一夜春风来，千树万树梨花②开。
散入珠帘湿罗幕，狐裘不暖锦衾薄。
将军角弓③不得控，都护④铁衣冷难著。
瀚海⑤阑干⑥百丈冰，愁云惨淡⑦万里凝。
中军⑧置酒饮归客，胡琴琵琶与羌笛。
纷纷暮雪下辕门⑨，风掣⑩红旗冻不翻。
轮台⑪东门送君去，去时雪满天山路。
山回路转不见君，雪上空留马行处。

注释

① 武判官：名不详。判官，官职名。是节度使、观察使一类长官的僚属。

② 梨花：这里比喻雪花积在树枝上，像梨花开了一样。

③ 角弓：用兽角装饰的硬弓。

④ 都护：镇守边疆的长官。

⑤ 瀚海：大沙漠，这里泛指西域地区。

⑥ 阑干：纵横的样子。

⑦ 惨淡：昏暗无光。

⑧ 中军：古时分兵为左、中、右三军，中军为主帅的营帐。

⑨ 辕门：军营的大门。

⑩ 掣：牵拽，拉动。

⑪ 轮台：泛指边疆地区，此处指唐军驻地。

译文

北风席卷大地，百草被刮得折断了，塞外的天空八月就飞撒大雪。忽然好像一夜春风吹来，千树万树洁白的梨花斗艳盛开。雪花飘散进入珠帘，沾湿了罗幕，穿上狐裘感觉不到温暖，盖着锦缎被子也觉得单薄。将军拉不开冻得坚硬的角弓，铠甲冰冷都无法披挂在身上。无边的大漠上结了厚厚的冰，愁云暗淡无光，在万里长空凝聚着。在军中主帅的营帐里摆下酒宴，为返回京师的旅人饯行，胡琴琵琶与羌笛奏出了热烈欢快的乐曲。傍晚辕门外大雪纷纷飘落，红旗被冰雪冻硬，强劲的东风也不能让它飘动。在轮台东门外送你离去，离去的时候大雪铺满了天山的道路。山岭迂回，道路曲折，我看不见你的身影，雪地上只留下你骑马走过的痕迹。

赏析与吟诵

这是一首七言古体诗。全诗将送别与咏雪结合，生动展示了塞外独特的自然风貌，体现了戍边将士不畏艰苦、昂扬勇毅的精神状态。

本诗的吟诵要有气势，还要表达出朋友的惜别之情。

登幽州台[①]歌

陈子昂

前不见古人，后不见来**者**。
念天地之悠悠，独怆然[②]而涕[③]**下**！

注释

① 幽州台：即蓟北楼，又名蓟丘、燕台，故址在今北京市附近，是战国时燕昭王为招纳贤才所筑。

② 怆然：悲伤凄凉。

③ 涕：眼泪。

译文

先代燕昭王那样的圣君，我没有见到，后代求贤若渴的明君也没见到。宇宙茫茫，大地苍苍，我真是生不逢时啊，一想到这些，我就不由得悲从中来，泪如雨下。

赏析与吟诵

这是一首五言古诗。全诗在广阔的背景下深刻表现了诗人知音难遇的孤独苦闷和报国无门的悲愤。

整首诗句式长短参差，音节抑扬变化，大气磅礴，颇有“汉魏风骨”的味道。末句吟诵要有悲伤苍凉之感，“念”和后一个“悠”字的字音可拖得长一些。“者”，中古音读“jiǎ”。

行路难（其一）

李　白

金樽清酒斗十千，玉盘珍馐直[1]万钱。
停杯投箸[2]不能食，拔剑四顾心茫然。
欲渡黄河冰塞川，将登太行雪满山。
闲来垂钓碧溪上，忽复乘舟梦日边。[3]
行路难，行路难，多歧路[4]，今安在？
长风破浪会有时，直挂云帆济[5]沧海。

注释

① 直：通“值”。

② 投箸：放下筷子。

③“闲来”两句：李白借吕尚和伊尹都曾辅佐帝王建立不朽功业，表明自己政治前途仍存极大的希望。

④ 歧路：岔路，指人生会有许多挫折、失败。

⑤ 济：渡。

译文

金樽斟满清酒，一杯要十千钱，玉盘里摆满珍美的菜肴价值万钱。面对佳肴我放下杯子和筷子，不能下咽，拔出剑来，四处看看，心中一片茫然。想渡过黄河，却被坚冰阻塞，想登上太行，却被满山的白雪阻拦。闲暇时坐在溪边垂钓，忽然又梦见乘船从白日边经过。行路艰难，行路艰难，岔路这么多，今后要去哪？总会有乘风破浪的那一天，挂起高帆渡过茫茫大海。

赏析与吟诵

这是一首乐府诗。最后四句换韵。本诗用比兴的手法描写了人世间坎坷和诗人自己在政治上遭受挫折之后的愤慨之情。诗人并未消沉，对自己的前途仍然充满信心和乐观精神。现在人们常用最后一联诗句，表达自己有宏大的理想抱负和实现理想抱负的坚定信念。

全诗随着韵脚的转换，平仄的交替运用，节奏感强烈而优美。末联吟诵要给人以鼓舞和力量，充满浪漫主义情调。多个入声字读短音。

登金陵凤凰台

李　白

凤凰台上凤凰**游**，凤去台空江自**流**。
吴宫①花草埋幽径，晋代衣冠②成古**丘**。
三山③半落青天外，一水中分白鹭**洲**④。
总为浮云能蔽日⑤，长安不见使人**愁**。

注释

① 吴宫：三国时吴国建都金陵，故称。

② 晋代衣冠：指东晋时的贵族。

③ 三山：南京附近的三座小山，后被挖平。

④ 白鹭洲：原在南京西南长江中，洲上多集白鹭，故名。今洲与

江岸已相连。

⑤浮云、蔽日：喻奸臣当道，障蔽贤良。

译文

凤凰台上曾经有凤凰来游，如今凤去台空，只有江水奔流不息。吴宫中的繁华盛景已经不复存在，东晋时的显赫人物也早已进了坟墓。远远望去，三山悠远，好像矗立在青天之外，而白鹭洲把长江分成了两道。即使我知道浮云并不能总是遮住太阳，但看不见长安城，还是让我感到忧愁。

赏析与吟诵

这首七律诗是诗人流放夜郎遇赦返回后所作，是李白律诗中的杰作。全诗将历史与现实、自然的景与个人的情完美地结合在一起，一气呵成，抒发了有志难酬的感慨。

颈联气势磅礴，构思巧妙。吟诵时要抒发出诗人志不得伸的愁苦和对奸小的谴责。

春望

杜　甫

国破[①]山河在，城春草木**深**。

感时花溅泪，恨别鸟惊**心**。

烽火[②]连三月，家书抵万**金**。

白头搔[③]更短，浑[④]欲不胜**簪**[⑤]。

注释

①国破：指长安沦陷。

②烽火：当时唐军正与安史叛军在各地激战，烽火不息。

③搔：挠。

④浑：简直。

⑤簪：簪子，用来绾住头发的一种首饰。

译文

国家残破，山河依旧如昔，春来临时，荒城草木丛生，一片凄凉。忧心伤感，见花反倒泪淋，怨别离，鸟鸣令我心悸。战火硝烟长期不停息，家人书信珍贵值万金。愁闷心烦只有搔首，白发稀疏已插不上簪。

赏析与吟诵

这首诗是杜甫五律中的代表作，也是五律诗的典范。全诗语言简练，对仗精工。

前两联写春望之景睹物伤怀，妙在寓情于景。后两联抒春望之情，忧乱思家之心，跃然纸上。“家书抵万金”一句写盼亲人音讯不至时的心情，极为真切独到，引起后世读者的共鸣。吟诵时要把诗人对国家危难的深刻忧虑和隔绝中对亲人的强烈思念表达好。入声字读短音。

秋兴八首（其一）

杜　甫

玉露①凋伤②枫树**林**，巫山巫峡气萧**森**③。
江间波浪兼天涌，塞上④风云接地**阴**。

丛菊两开⑤他日泪，孤舟一系故园心。
寒衣处处催刀尺⑥，白帝城⑦高急暮砧⑧。

注释

① 玉露：秋天的霜露，因其白故以玉喻之。

② 凋伤：使草木衰败零落。

③ 萧森：萧瑟阴森。

④ 塞上：指巫山。

⑤ 丛菊两开：即两见菊开。

⑥ 催刀尺：赶裁冬衣。

⑦ 白帝城：在今重庆奉节东白帝山上。

⑧ 急暮砧：黄昏时急促的捣衣声。

译文

枫树在深秋露水的侵蚀下逐渐凋零，巫山和巫峡也笼罩在萧瑟阴森的迷雾中。巫峡里面波浪滔天，上面的乌云则像要压到地面上来似的，天地一片阴沉。花开花落已两载，看着盛开的菊花，想到两年来未曾回家，就不免伤心落泪。小船还系在岸边，虽然我不能东归，飘零在外的我，心却长系故园。又在赶制御寒的衣服了，白帝城上捣衣声一阵紧似一阵。

赏析与吟诵

此诗通过对巫山、巫峡萧瑟秋景的描绘，抒发了忧国思乡之情和孤独寂寞之感。

全诗格律精工，沉郁顿挫，意境悲壮凄凉，读来令人荡气回肠，最典型地表现了杜甫律诗的特有风格，有很高的艺术成就。吟诵中要将“沉郁顿挫”的特点抒发出来。

登高

杜 甫

风急天高猿啸**哀**，渚[1]清沙白鸟飞**回**。
无边落木萧萧下，不尽长江滚滚**来**。
万里悲秋常作客，百年[2]多病独登**台**。
艰难[3]苦恨繁霜鬓，潦倒[4]新停[5]浊酒**杯**。

注释

① 渚：水中小块陆地。

② 百年：这里指一生。

③ 艰难：生活艰难，遭遇坎坷。

④ 潦倒：困顿、衰颓。

⑤ 新停：杜甫因患病而停酒。

译文

风急天高猿啼声凄厉悲凉，清州上白沙闪闪，鸟低飞往复盘旋。落叶萧萧下，一望无际，长江滚滚涌来，奔腾不息。漂泊万里，长为异乡客，触景生情，悲秋怀愁绪。人到暮年多病疾，心忧独自登上高台。时事艰难遗恨多，霜雪鬓发日日增。困顿潦倒心灰冷，因病停杯不能喝酒。

赏析与吟诵

前两联登高所见，极写暮秋之景色。后两联登高所感，抒发老病漂泊之苦。

本诗章法、句法、字法，前无古人，后无来学，被誉为“古今七言律第一”。吟诵时要将老病孤愁、苍凉悲壮的意境表现出来，把握住“沉郁顿挫”这一特点，多个入声字短读。

轻肥①

白居易

意气骄满路，鞍马光照尘。
借问何为者，人称是内臣②。
朱绂皆大夫，紫绶③或将军。
夸赴军④中宴，走马去如云。
樽罍⑤溢九酝⑥，水陆罗八珍。
果擘洞庭橘，脍⑦切天池鳞⑧。
食饱心自若，酒酣气益振。
是岁江南旱，衢州人食人！

注释

① 轻肥：语出《论语·雍也》：“乘肥马，衣轻裘。”此指达官贵人的奢华生活。

② 内臣：原指皇上身边的近臣，这里指宦官。

③ 朱绂、紫绶：朝服和官印带子。此处指高官。

④ 军：指左右神策军，皇帝的禁军之一。

⑤ 樽罍：均为酒器。

⑥ 九酝：美酒名。

⑦ 脍：将鱼肉细切。

⑧ 天池鳞：大海的鱼。

译文

一群神态骄横的人占了整条路，鞍马之光照亮尘土。这是些什么人？有人说是宫中的内臣。用红色丝带系着佩玉的那些人都是大夫，用紫色丝带系着官印的那些人是将军。他们意气洋洋地赶赴军中宴席，骑马飞驰而过，像云团一样离去。精美的酒器中盛满了醇美的酒，桌上罗列着水中、陆上的各种精美食品。用手掰开洞庭橘，切开大海中的鱼。吃饱了饭内心安然自得，喝足了酒神气益发骄横。这一年江南大旱，衢州地区出现了人吃人的惨痛景象。

赏析与吟诵

唐代中唐以后，宦官专权，不但操纵朝政，而且废立皇帝。本诗揭露了宦官的嚣张气焰，表现了忧国爱民的思想，读来令人深受感动。

末联笔锋骤然一转，直赋其事，使全诗顿起波澜，使读者惊心动魄，是十分精彩的一笔。与杜甫名句“朱门酒肉臭，路有冻死骨”有异曲同工之妙。吟诵时要表现出对统治阶级奢侈生活的痛恨和对劳动人民饥饿悲惨的同情。

再经胡城县[①]

杜荀鹤

去岁[②]曾经此县**城**，县民无口不冤**声**。
今来县宰加朱绂，便是生灵血染**成**。

注释

① 胡城县：唐时县名。在今安徽省阜阳市西北。

② 去岁：去年。

译文

去年首次路过胡城县，城里的百姓人人有喊冤声。
到如今县官升官穿红袍，这红袍原是百姓的血染成。

赏析与吟诵

这首诗通过诗人两经胡城县的见闻，反映了唐末尖锐的社会矛盾。诗人将县宰的朱绂与生灵的鲜血巧妙地结合在一起，深刻揭露了压榨百姓乃封建官吏升官发财的捷径，批判了官吏的残暴无耻。

吟诵时要将诗人愤懑情绪表达出来，声调要激昂。

与诸子登岘山[①]

孟浩然

人事有代谢[②]，往来成古**今**。
江山留胜迹，我辈复登**临**。
水落鱼梁[③]浅，天寒梦泽**深**。
羊公碑[④]尚在，读罢泪沾**襟**。

注释

①岘山：一名岘首山。在今湖北省襄阳市南。

②代谢：交替，转换。

③鱼梁：地名，指鱼梁洲，在襄阳鹿门山的沔水中。

④羊公碑：后人在岘山为纪念西晋名将羊祜而立的碑石。

译文

人事变换，新旧常交替，春去秋来，往复延古今。江山依旧，长留盛景古迹，前人故去，我辈又登临。天旱水落，鱼梁露浅滩，天寒地冻，梦泽更深邃。羊公碑依然矗立在山间，读罢碑文不由泪湿衣襟。

赏析与吟诵

此诗富有哲理。诗人将读者带入历史长河中感受时光流逝，却又通俗易懂。

诗人吊古伤今，时过境迁，自己空有抱负，至今仍是一介布衣。联想到自身的遭遇，愤慨油然而生。末联既为羊公悲，也为自己的处境而悲。吟诵时要将诗人这种复杂的心境诠释出来。吟诵节奏可用“二三”格式。

西塞山[①]怀古

刘禹锡

王濬[②]楼船下益州[③]，金陵王气[④]黯然**收**。

千寻[⑤]铁锁沉江底，一片降幡出石**头**[⑥]。

人事几回伤往事，山形依旧枕寒**流**。

今逢四海为家[7]日，故垒萧萧芦荻秋。

注释

①西塞山：位于今湖北省黄石市东。

②王濬：西晋大将，曾奉命伐吴。

③益州：汉武帝时设十三州之一，治所在今成都。

④金陵王气：金陵的帝王气象。这里指孙吴政权的命运气数。

⑤千寻：形容东吴锁江铁链之长。寻，古代长度单位。

⑥石头：石头城。故址在今南京市清凉山。

⑦四海为家：即四海归一家，指天下一统。

译文

王濬的战船离开益州沿江东下，显赫无比的金陵王气黯然失色。

大火烧毁了千寻铁锁沉入江底，石头城上举起了降旗东吴灭亡。

人世间有多少让人伤心的往事，西塞山依然背靠着滚滚的长江。

如今全国统一四海已成为一家，故垒废弃只有芦荻秋风中飘摇。

赏析与吟诵

唐代自安史之乱以后，藩镇割据愈演愈烈。本诗借歌咏晋、吴兴亡事迹，慨叹地形之险不足恃，割据一方的局面终要结束。

全诗气势磅礴，寓意深广，词句酣畅。吟诵中要体悟出诗人对藩镇割据的不满和对唐王朝统治者的讽谏。入声字读短音。

次[1]北固山[2]下

王　湾

客路青山外，行舟绿水前。
潮平两岸阔，风正[3]一帆悬。
海日生残夜，江春入旧年。
乡书何处达？归雁[4]洛阳边。

注释

① 次：停歇。此处指停船。

② 北固山：在今江苏省镇江市北，三面临水，依长江而立。

③ 风正：指顺风。

④ 归雁：我国古代有用大雁传递书信的传说。

译文

我要走的路还在青山之外，乘着帆船行进在碧绿的水面上。春潮上涨，两岸的水面顿时显得宽阔，风顺平和，船帆端直高高挂起。一轮红日从海上冉冉升起，冲破了残夜，江南的春色，早早地融入了尚未逝去的旧年。寄往家乡的书信何时才能到达？我就托付北归的大雁，捎给洛阳的亲人吧。

赏析与吟诵

这是一首客游诗。旅途行舟，羁旅漂泊本应是一件寂寞、凄清的事情，在这绿水青山之间，诗人吟出了“海日生残夜，江春入旧年”的豪迈诗句。诗中在勾画江南美景的同时，也寄予了浓浓的思乡之情。

整首诗色彩鲜明，笔调轻快，表达了作者广阔的胸怀。中间两联对仗工整，吟诵时平仄处理要铿锵有力。

题破山寺[1]后禅院

常　建

清晨入古寺，初日照高林。
曲径通幽处，禅房花木深。
山光悦鸟性，潭影空人心[2]。
万籁[3]此俱寂，惟闻钟磬[4]音。

注释

① 破山寺：又名兴福寺，位于江苏省常熟市虞山北麓。

② 空人心：指去掉人的俗念。

③ 万籁：各种声音。

④ 钟磬：佛寺中召集众僧的打击乐器。寺院里敲钟和击磬分别表示活动的开始和结束。磬，古代用玉石或金属制成的曲尺形的打击乐器。

译文

清晨步入这古老寺院，旭日东升映照着山上树林。竹林掩映小路通向幽深处，禅房前后花木繁茂又缤纷。山光明媚使飞鸟更加欢悦，潭水清澈能去掉凡俗尘心。大自然一片寂静，只有敲钟击磬的声音回荡在山林。

赏析与吟诵

这首诗题咏的是佛寺禅院，抒发的是寄情山水的隐逸情怀。全诗构思独特，意境优美。

中间两联写景传神，造句警策，是脍炙人口的佳句。吟诵时要有闲适、置身世外之感，语调要轻松。

秋日登吴公台[①]上寺远眺

刘长卿

古台摇落后，秋日望乡心。
野寺来人少，云峰水隔深。
夕阳依旧垒[②]，寒磬满空林。
惆怅南朝事，长江独自今。

注释

① 吴公台：在今江苏省扬州市。

② 旧垒：指吴公台。垒，军事工事。

译文

登上吴公台我观赏这零落的古迹，秋景萧疏，勾起我思乡的愁绪。荒山野寺，来此游览的人太少了，因为山高水深，隔断了路程。夕阳映着吴公台的旧垒，依依不去，空荡的山林中，回荡着清冷的磬声。南朝的往事已化为陈迹，令人惆怅，唯独这浩荡的长江，日夜奔流不息。

赏析与吟诵

这是一首吊古咏怀诗，吴公台凄清冷落带给诗人孤寂的情绪，诗人想起南朝旧事，感慨颇多，思乡之情油然而生。

全诗抚今追昔，写景寄情，感情深沉。吟诵时要将吊古伤时的惆怅与浓浓的乡情表达好，节奏可用“二三”格式，入声字读短音。

寻南溪常道士

刘长卿

一路经行处，莓苔见屐[1]**痕**。

白云依静渚[2]，芳草闭闲**门**。

过雨看松色，随山到水**源**。

溪花与禅意，相对亦忘**言**。

注释

① 屐：木头鞋，古人游山常穿这样的鞋。这里指足迹。

② 渚：水中的小洲。

译文

我寻常道士一路走去，青苔中现出足迹。白云浮进水中的小洲，芳草遮住了紧闭的大门。我观看雨后的青松翠柏，又寻山路走到水的源头。溪边花开花落，与禅意相互印证，彼此心领神会，不必言传。

赏析与吟诵

这首诗写诗人到南溪山中寻访常道士不遇。此诗先从道士屋舍周围幽静的环境写起，虽然寻人不遇，诗人看松寻找溪水源头却另有一番情趣，表现出对这种闲云野鹤般生活的喜爱与欣赏。

诗人此时仕途遇挫，因而产生了厌世情绪，对回归自然的隐者生活产生无限向往。全诗文笔优美，情景交融，是中唐难得的佳作。吟诵中要将诗人乘兴而来，兴尽而返的惬意感受生发出来。

渔翁

柳宗元

渔翁夜傍西岩[1]**宿**，晓汲清湘燃楚**竹**。
烟销日出不见人，欸乃[2]一声山水**绿**。
回看天际下中流，岩上无心[3]云相**逐**。

注释

① 西岩：今湖南永州西山。

② 欸乃：唐时湘中有棹歌为《欸乃曲》，此指渔歌声。

③ 无心：陶渊明《归去来兮辞》：“云无心以出岫。”一般是表示庄子所说的那种物我两忘的心灵境界。

译文

傍晚时分，渔翁把船靠在西山脚下休息，早晨汲取湘水，燃烧楚竹做饭。太阳出来，云雾散去，却看不到他的踪迹，一阵阵渔歌声从青山绿水间传来。回头望去，渔翁的船已飘向无际，山顶的白云也随意飘动。

赏析与吟诵

这首诗通过对渔翁一天生活的描绘，反映诗人对渔翁自由的生活的倾慕。通过赞赏永州的奇妙山水，从而排遣被谪贬后的抑郁情怀。

全诗表面写景，实为表现诗人的复杂心情，暗喻诗人的品格，是诗人高洁情怀的写照。吟诵时入声字读短音。

黄鹤楼①

崔　颢

昔人②已乘黄鹤去，此地空余黄鹤**楼**。

黄鹤一去不复返，白云千载空悠**悠**③。

晴川④历历⑤汉阳树，芳草萋萋⑥鹦鹉**洲**⑦。

日暮乡关何处是？烟波⑧江上使人**愁**。

注释

① 黄鹤楼：古代名楼，旧址在今湖北武昌黄鹤矶上。

② 昔人：传说古代仙人曾乘黄鹤过此。

③ 悠悠：飘荡的样子。

④ 晴川：晴朗的江面。

⑤ 历历：清晰分明。

⑥ 萋萋：形容草木茂盛。

⑦ 鹦鹉洲：长江中的小沙洲，相传因东汉祢衡曾作《鹦鹉赋》而得名。

⑧ 烟波：雾霭笼罩的江面。

译文

昔日的仙人已乘着黄鹤飞去，这地方只留下空寂的黄鹤楼。黄鹤一去再也没有返回这里，千百年来只有白云飘飘悠悠。阳光照耀下汉阳的绿树清晰可辨，鹦鹉洲上到处是一片花草繁茂。黄昏临近，何处是我的家乡？面对烟波浩渺的江面，心中更加忧愁。

赏析与吟诵

这是诗人在仕途失意之际所作的一篇吊古怀乡的佳作。诗人登临黄鹤楼，眺望眼前景物，触景生情，脱口成篇。

全诗感情充沛，气象苍茫阔大，文采飞扬，诗人以此诗名世。吟诵时既要抒发出诗人的满怀愁绪，又要表现出苍茫广大的气象。

咸阳城西楼晚眺

许 浑

一上高城万里愁，蒹葭[1]杨柳似汀洲[2]。

溪云初起日沉阁，山雨欲来风满楼。

鸟下绿芜秦苑夕，蝉鸣黄叶汉宫秋。

行人莫问前朝事，故国东来渭水流。

注释

① 蒹葭：芦苇。

② 汀州：水边之地为汀，水中之地为洲。

译文

登上高楼万里乡愁油然而生，眼中芦苇杨柳就像江南的沙洲。乌云刚刚浮起在溪水边上，夕阳已经沉落在楼阁之后，山雨即将来临，狂风已吹满咸阳城西楼。秦苑汉宫，一片荒凉，鸟儿落入乱草之中，秋蝉鸣叫枯黄之间。来往的过客不要问从前的事，只有渭水一如既往地向东流。

赏析与吟诵

此诗作于诗人任监察御史时，此时唐王朝已经处于风雨飘摇之际。诗人通过种种最能体现咸阳悲凉气氛的意象，来抒发自己心中久已积聚的愁郁和哀怨。

吟诵时要理解作者对国家衰败的无限感慨，抒发出悲怆与愁苦。

滕王阁①诗

王　勃

滕王高阁临江**渚**，佩玉鸣鸾②罢歌**舞**。
画栋朝飞南浦③云，珠帘暮卷西山**雨**。
闲云潭影日悠悠④，物换星移⑤几度**秋**。
阁中帝子⑥今何在？槛⑦外长江空自**流**。

注释

① 滕王阁：故址在今江西省南昌市赣江东岸，为江南三大名楼之一。

② 佩玉鸣鸾：身上佩戴的玉饰、响铃。

③ 南浦：地名，在今南昌市西南。

④ 日悠悠：每天无拘无束地游荡。

⑤ 物换星移：形容时代变迁、万物的更替。

⑥ 帝子：指滕王李元婴。

⑦ 槛：栏杆。

译文

巍峨高耸的滕王阁俯临着江心沙洲，佩玉、銮铃鸣响的华丽歌舞早已停止。早晨南浦的云飞上了画栋，傍晚珠帘卷入了西山的雨。悠闲的彩云影子倒映在江水中，时光易逝，人事变迁，不知度过几个春秋。昔日游览高阁的滕王如今在那里？只有那栏杆外的江水独自奔流。

赏析与吟诵

全诗极力描写了滕王阁的高峻和壮丽，境界宏大，情韵兼胜。

诗人在空间、时间双重维度展开对滕王阁的吟咏，后两联抒发了繁华易逝、人生无常的感叹。末联要吟诵得悠长。

登总持阁①

岑　参

高阁逼诸天②，登临近日边。

晴开万井③树，愁看五陵④烟。

槛外低秦岭，窗中小渭川。

早知清净理⑤，常愿奉金仙⑥。

注释

① 总持阁：佛寺名。

② 诸天：天空。

③ 井：古代乡里划分制度。此处泛指田宅、乡里，形容面积宽广，树很多。

④ 五陵：即五陵原，汉时埋葬皇帝的五座陵园。

⑤ 清净理：佛教用语，指远离罪恶与烦恼的禅理。

⑥ 金仙：金色的佛像。

译文

总持阁高俊直逼云天，登上楼阁好像靠近日边。万井之树尽收眼底，五陵烟雾迷茫动人愁思。凭靠栏杆，看那秦岭低矮，站在窗边，看那渭水细小。早知清净之理，希望经常侍奉在那金色的佛像前。

赏析与吟诵

这是一首登高抒怀诗。诗人穷极笔力描写总持阁的雄伟高峻。颔联一“愁”字牵出了诗人的无限情怀。末句抒发了诗人对参禅悟道生活的向往。

全诗意境宏阔，气势磅礴，体现了岑诗“雄奇”的特点。吟诵时要表现出宏阔的气势。

再过金陵

包 佶

玉树[①]歌终王气**收**，雁行高送石城**秋**。

江山不管兴亡事，一任[2]斜阳伴客愁。

注释

① 玉树：指陈后主所作的《玉树后庭花》，历来被视为亡国之音。

② 一任：任凭。

译文

《玉树后庭花》的曲子已不再唱，随着六朝灭亡而王气尽收，高飞的一行行大雁送走了石头城的秋天。江河山川不管六朝兴亡更替，斜阳夕照，任凭过往凭吊的客人发出感叹和悲愁。

赏析与吟诵

这是一首咏史诗。秋风瑟瑟，大雁南飞，诗人再过金陵，面对六朝残破的景象，涌起愁思。

诗人目睹安史之乱后国家衰败，以古鉴今，发出深深的感慨。吟诵中要将诗人面对国家衰败，空怀一腔热血，深感万千悲痛的情感表达出来。

浪淘沙[1]九首（其八）

刘禹锡

莫道谗言[2]如浪深，莫道迁客[3]似沙沉。
千淘万漉[4]虽辛苦，吹尽狂沙始到金。

注释

① 浪淘沙：唐代教坊曲名，后也用为词牌名。

②谗言：毁谤的话。

③迁客：指被贬职调往边远地区的人。

④淘、漉：过滤。

译文

不要说谗言如同凶恶的浪涛一样令人恐惧，也不要说被贬之人像泥沙一样在水底沉没。要经过千遍万遍的过滤，历尽千辛万苦，最终才能淘尽泥沙，得到闪闪发光的黄金。

赏析与吟诵

唐朝自安史之乱后，藩镇割据，宦官专权。诗人被外放，愤激之际作了此诗。

首联诗人以坚定的语气表明，遭受不公正的待遇不会如泥沙一样沉入江底，表现出自己乐观积极的人生态度。末联写的是淘金人的辛苦，也表明诗人自己的心态，是金子迟早要发光的，给后人以哲理的启示。吟诵时要将诗人经受住磨难而显出英雄本色的豪迈信念表达出来，声调要激昂铿锵。

长沙过贾谊宅

刘长卿

三年谪宦此栖**迟**[①]，万古惟留楚客[②]**悲**。

秋草独寻人去后，寒林空见日斜**时**。

汉文有道恩犹薄[③]，湘水无情吊岂**知**[④]？

寂寂江山摇落处，怜君何事到天**涯**！

注释

①栖迟：居留。

②楚客：指贾谊，也指后来游楚的人。长沙古属楚国境。

③“汉文”句：汉文帝在历史上有明君之称，但他始终不能重用贾谊。

④“湘水”句：贾谊住长沙，渡湘水时，作《吊屈原赋》凭吊屈原。

译文

贾谊被贬在此地居住三年，可悲的遭遇令千万代人伤情。野草蔓生的故宅，难寻你当年的踪迹，夕阳斜照的树林，只看见秋色寒烟。汉文帝重才恩德尚且淡薄，湘江水悠悠无情，怎么能理解凭吊的情怀？草木凋零，江山寂寞，叹息你为何流落到天涯！

赏析与吟诵

这首诗借凭吊古人抒发自己的迁谪之悲。出于共同的不幸遭遇，贾谊凭吊屈原，自己又凭吊贾谊，从而把屈原、贾谊和自己的遭遇连成一体，创造出委婉悲凉、凄切感人的意境。

全诗措辞强烈、褒贬分明。吟诵时要将诗人那抑制不住的泪水和伤心哀婉展现出来。“涯”字读“yí”。

蜀相

杜　甫

丞相祠堂[①]何处**寻**？锦官城外柏**森**森[②]。

映阶碧草自③春色，隔叶黄鹂空好音。

三顾频烦天下计，两朝开济④老臣心。

出师未捷身先死，长使英雄泪满襟。

注释

① 丞相祠堂：即成都诸葛武侯祠。

② 森森：松柏茂盛的样子。

③ 自：空。

④ 开济：开创大业，匡济危时。

译文

何处去寻找武侯诸葛亮的祠堂？在成都城外那柏树茂密的地方。碧草映照台阶自有一片春色，树上的黄鹂隔枝空有一番歌声。定夺天下先主曾三顾茅庐拜访，辅佐两朝忠诚满腔。可惜出师伐魏未捷而病亡军中，长使后世英雄们对此涕泪满裳。

赏析与吟诵

这首诗是杜甫定居于草堂后初访诸葛亮祠时所作。全诗围绕一个“寻”字展开。前两联凭吊丞相祠堂，写诸葛武侯祠的景物，流露出诗人忧国忧民之心。后两联高度凝练地概括了蜀相的雄才大略，抒发了对诸葛亮建立丰功伟业的无限崇敬和对他壮志未酬的惋惜，同时也寄托了诗人的抱负和感慨。

全诗格调悲壮，尾联绝响千古。吟诵时要表达出诗人对诸葛亮的仰慕和赞美之情。

读李杜诗集因题卷后

白居易

翰林①江左日②，员外③剑南④时。

不得高官职，仍逢苦乱离⑤。

暮年逋客⑥恨，浮世⑦谪仙⑧悲。

吟咏流千古，声名动四夷。

文场供秀句，乐府待新辞。

天意君须会，人间要好诗。

注释

① 翰林：原意为文翰荟萃之处。唐玄宗始置翰林待诏，属文学侍从之官。李白曾奉诏入侍翰林。

② 江左日：江左指江东，即今江苏、安徽一带。李白曾长期在这一带生活，晚年穷困潦倒。

③ 员外：指杜甫，他晚年在成都曾做过剑南节度使严武的参谋、检校工部员外郎。

④ 剑南：唐设剑南道，以在剑阁之南而名，治所在益州（今四川成都）。杜甫居蜀时，仕宦途穷，生活靠朋友资助。

⑤ 苦乱离：指李杜都逢安史之乱而四处漂泊。

⑥ 逋客：避世之人，此指杜甫晚年四处漂泊。

⑦ 浮世：古人对人生的一种看法，认为人生世事一切无定，称人世为浮世。

⑧ 谪仙：指李白。

译文

回想李白流落江东的日子和杜甫在成都居住的时候，不仅没有高官可做，而且还适逢安史之乱的离乱年代。晚年的杜甫对乱世非常愤恨，诗仙李白对人世的看法也很悲伤。两位的诗千古流芳，声名震动四方。文人场里需要你们华美的诗句，教坊里还等待二位写出新的华章。老天爷让你们过穷困潦倒的生活，这是因为人间需要好诗啊。

赏析与吟诵

此诗为诗人赴江州途中作，表达了对李白、杜甫的仰慕之情。

诗中对两位大诗人的不幸遭遇给予了理解和同情，揭示了作家的苦难经历对文学创作的直接影响。在勉人与自勉中，隐含着自嘲与愤懑。吟诵时要准确把握诗人复杂的心理。

贾生①

李商隐

宣室②求贤访逐臣③，贾生才调④更无伦。
可怜夜半虚前席⑤，不问苍生问鬼神。

注释

① 贾生：贾谊，西汉著名的政论家。

② 宣室：汉朝未央宫前殿的正室。

③ 逐臣：贾谊因力主改革，被守旧的大臣排挤，贬为长沙王太傅。

④ 才调：才华和学问。

⑤ 前席：在坐席上移膝靠近对方。

译文

汉文帝求贤，在未央宫召见被贬之臣，贾谊才华高绝，无人能比，他们相见恨晚，尽兴畅谈一直谈到三更半夜。可惜文帝问他的不是天下百姓的冷暖大事，而是不断地询问鬼神之事。

赏析与吟诵

这是一首有名的咏史诗。诗人感叹了贾生，讽刺了汉文帝不为国家大计求贤，只为鬼神求仙。

诗中叙事与议论相结合，笔锋犀利，讽刺辛辣。诗情跌宕起伏，先扬后抑。吟诵中要将贤才得不到重用的叹息与自身流落不遇的感慨抒发出来。

终南别业[①]

王 维

中岁颇好道[②]，晚家南山**陲**[③]。

兴来每独往，胜事[④]空自**知**。

行到水穷处，坐看云起**时**。

偶然值[⑤]林叟，谈笑无还**期**。

注释

①别业：即别墅。

②道：这里指佛理。

③南山陲：指终南山辋川别墅所在地。陲，边缘，旁边。

④胜事：美好的事。

⑤ 值：遇见。

译文

中年以后存有较浓的好道之心，晚年安家于终南山的边陲。兴趣浓时常常独来独往去游玩，有快乐的事自我欣赏自我陶醉。或走到水的尽头寻求源流，或坐看上升的云雾千变万化。偶然在林间遇见个乡村父老，与他谈笑聊天常常忘了回家。

赏析与吟诵

此诗着重描写隐居生活，表现了诗人无拘无束、悠闲自得的心境。

颈联“行到水穷处，坐看云起时”，诗中有画，天然自成，富有诗味趣理。吟诵时要把孤寂而又逍遥自乐的隐者形象塑造出来，情绪总体是喜悦的，入声字短读。

终南望余雪

祖　咏

终南阴岭[①]秀，积雪浮云端。

林表[②]明霁色[③]，城中增暮寒。

注释

① 阴岭：山北曰阴，背向太阳的山岭。

② 林表：林外。

③ 霁色：雨雪后的阳光。

译文

终南山的北面山色秀美，峰顶上的积雪似乎浮在云端。雨雪晴后，阳光下林外一片明亮，黄昏降临，城中回荡着阵阵寒气。

赏析与吟诵

这首诗是作者应进士试时所作试贴诗。

诗的前三句从“望”字着眼，句句写雪景，描绘了从长安城里看到的终南山景色。末句写出雪后城中暮寒逼人的感受。吟诵时要舒缓有力。

游终南山

孟　郊

南山塞天地，日月石上**生**。
高峰夜留景[①]，深谷昼未**明**。
山中人自正，路险心亦**平**。
长风驱松柏，声拂万壑**清**。
即此悔读书，朝朝近浮**名**[②]。

注释

① 夜留景：极言山峰之高，入夜尚留有余晖。

② 浮名：世俗的功名。

译文

终南山高大雄伟，塞满了整个天地，太阳和月亮都是从山里的石

头上升起落下。当终南山其他地方被夜色笼罩时，高高的山峰上还留着落日的余晖，当终南山其他地方都洒满阳光时，深深的幽谷中还是一片昏暗。山路虽险，但山中人心却平正淳朴。大风吹来，山中松柏随风势而起伏，松声回荡在千山万壑之间，十分清脆激越。看到这样的美景，我真后悔当初为什么刻苦读书，天天去追求那世俗的功名。

赏析与吟诵

此诗先是描写终南山奇险的景色，随后又借景抒情，以“悔读书”和“近浮名”收束全诗。

诗中赞美山中的清幽和人正心平，体现了诗人对人心险恶的尘世的厌恶。吟诵时几个入声字读短音。

积雨辋川庄[1]作

王　维

积雨空林烟火迟[2]，蒸藜炊黍饷东菑[3]。
漠漠[4]水田飞白鹭，阴阴[5]夏木啭黄鹂。
山中习静观朝槿[6]，松下清斋折露葵。
野老[7]与人争席罢[8]，海鸥何事更相疑？

注释

① 辋川庄：在终南山中，是诗人隐居之地。

② 烟火迟：因久雨空气湿润，烟火上升缓慢。

③ 饷东菑：给在东边田里干活的人送饭。

④ 漠漠：形容广阔无际。

⑤ 阴阴：幽深浓密。

⑥ 朝槿：即木槿。

⑦ 野老：村野老人。此指诗人自称。

⑧ 争席罢：指自己要隐退山林，与世无争。

译文

连日雨后，树木稀疏的村落里炊烟冉冉升起，烧好的粗茶淡饭是送给村东耕田的人。广阔平坦的水田上一行白鹭掠空而飞，四野繁茂的树林中传来黄鹂婉转的啼声。我在山中修身养性，静观木槿晨开晚谢，在松下吃着素食，闲摘那挂满露水的野葵。我年老隐退，早就与世无争，世人为何还要猜疑？

赏析与吟诵

此诗写辋川久雨后的情景和作者隐居生活的闲情逸致。诗的前两联写田园景色，创造出一幅清新优美的画面，后两联写自己清静无为、与世无争的悠闲生活。

吟诵中要将诗人无拘无束、闲适惬意的心情表达出来。

商山[①]早行

温庭筠

晨起动征铎[②]，客行悲故**乡**。

鸡声茅店月，人迹板桥**霜**。

槲[③]叶落山路，枳[④]花明驿**墙**[⑤]。

因思杜陵[⑥]梦，凫雁[⑦]满回**塘**。

注释

① 商山：在今陕西省商洛市附近。

② 动征铎：响起催促行人起身赶路的铃声。

③ 槲：一种落叶乔木，开黄褐花，结球形果。

④ 枳：也叫枳橘，似橘而小，春天开白花。

⑤ 明驿墙：指枳花鲜艳地开放在驿站墙边。

⑥ 杜陵：汉宣帝的陵墓，在长安城东南，代指长安。

⑦ 凫雁：野鸭和大雁。

译文

黎明起床，车马的铃声已响，一路远行，游子悲思故乡。鸡声嘹亮，茅草店沐浴着晓月的余晖，足迹依稀，木板桥覆盖着早春的寒霜。槲树枯叶，飘满山路，淡白的枳花，鲜艳地开放在驿站的墙边。不由想起昨夜梦回长安的情景，野鸭和大雁，早已挤满湖塘。

赏析与吟诵

此诗描绘清晨赶路的情形，通过对黎明时分寂静气氛的渲染，抒写了荒山景物和羁旅的辛苦，透露了诗人内心淡淡的失意孤寂。

吟诵时要将诗人的愁绪真切地表达出来，本诗入声字较多，要处理好。

山居秋暝①

王　维

空山新雨后，天气晚来秋。

明月松间照，清泉石上流。
竹喧归浣女[2]，莲动下渔舟。
随意春芳[3]歇[4]，王孙[5]自可留。

注释

①暝：日落，天色将晚。

②浣女：洗衣裳的姑娘。

③春芳：春天的花草。

④歇：消逝，凋谢。

⑤王孙：原指贵族子弟，此处指诗人自己。

译文

空旷的群山沐浴了一场新雨，夜晚降临，使人感到已是初秋。皎皎明月在松树间照耀，清清的泉水在石上流淌。竹林的喧响，是洗衣姑娘归来了，莲叶轻轻摇动，渔舟晚归。春日的芳菲不妨任随它消逝，秋天的美景让我流连忘返。

赏析与吟诵

这首诗写山居秋天的晚暮景色，充满了诗情画意，可谓景中有人，人在景中。

诗人写秋，竟胜春之芳华，清新自然，使读者感到另一番情趣。中间两联对仗工整，颔联非常有名，为世人传诵。吟诵时要将诗人对自然的愉悦和爱恋之情表现出来。

汉江临眺

王　维

楚塞[1]三湘[2]接，荆门九派[3]通。
江流天地外，山色有无中。
郡邑浮前浦，波澜动远空。
襄阳[4]好风日，留醉与山翁[5]。

注释

①楚塞：楚国的边界地区，这里指汉水流域。

②三湘：潇湘、漓湘、蒸湘的总称。

③九派：流入长江的九条支流。

④襄阳：今属湖北省，位于汉江中游。

⑤山翁：指晋代山简，山涛之子，曾镇守襄阳，好饮酒，每饮必醉。

译文

三湘紧紧相连，伸向楚国的边界，汉江流入荆门，汇通长江九派。江水滚滚，奔流天地外。青山连绵，水雾中时隐时现。波涛汹涌水势涨，城郭仿佛飘江上。大浪翻滚拍两岸，远空好似在摇晃。襄阳风光无限美，愿与山翁留此地，长醉不复归。

赏析与吟诵

此诗通篇气魄雄浑，境界开阔。“江流天地外，山色有无中”写尽了洪流巨川的豪壮风貌，是千古流传的佳句。

襄阳的风物如此壮美，诗人情愿留下来与山翁对饮，表达了诗人对襄阳的热爱之情。这种爱恋之意要在吟诵时表达出来，吟诵节奏可用“二二一”格式。

清溪泛舟

张　旭

旅人倚征棹[①]，薄暮起劳**歌**[②]。

笑揽[③]清溪月[④]，清辉不厌**多**。

注释

① 倚征棹：靠着船桨。

② 劳歌：船工们劳动时唱的船歌。

③ 揽：兜取。

④ 清溪月：指水中的月影。

译文

旅人靠着船桨，日落时分，船工们唱起了雄壮有力的劳动号子。我笑着到清溪水中去捞取月亮，不嫌月亮的清辉多多。

赏析与吟诵

这首诗充满生活气息，上联描写船工号子雄壮有力，下联抒写自己水中捞月，富有浪漫色彩。

诗的语言清新秀逸，吟诵时要表现出诗人对大自然和生活的热爱。

入朝洛堤[①]步月

上官仪

脉脉[②]广川[③]流，驱马历长洲[④]。
鹊飞山月曙，蝉噪野风秋。

注释

① 洛堤：东都洛阳皇城外百官候朝处，因临洛水而得名。

② 脉脉：原指凝视的样子，此处形容水流悠远绵长。

③ 广川：洛水。

④ 长洲：指洛堤。洛堤是官道，路面铺沙，以便车马通行，故喻称长洲。

译文

宽广的洛水悠远地流向远方，我气定神闲地驱马在洛阳长堤上。鹊鸟在月落将曙之际不时地飞过，初秋的寒蝉在野外晨风中嘶声噪鸣。

赏析与吟诵

诗人写他在东都洛阳皇城外等候入宫朝见时的所见所闻。上联写驱马沿沙堤来到皇城外等候，下联即景抒情，将各种自然景观巧妙组合，全诗气度从容，艺术上极见功力。

吟诵时要表现出作者一种心意悠然、镇定自若的风度。

题乌江亭[①]

杜 牧

胜败兵家事不期[②]，包羞忍辱[③]是男儿。

江东子弟多才俊，卷土重来未可知。

注释

① 乌江亭：在今安徽省和县东北的乌江浦。旧传是楚汉争霸时期，项羽失败自刎之处。

② 不期：难以预料。

③ 包羞忍辱：大丈夫能屈能伸，应有忍受屈辱的胸怀气度。

译文

胜败乃兵家常事，是难以预料的，能忍受失败和耻辱才是真正的大丈夫。江东的子弟人才济济，如果当年项羽重返江东，说不定还能卷土重来。

赏析与吟诵

此诗议论战争成败之理，提出自己的假设性推想。

“卷土重来未可知”一句颇有气势，在惋惜、批判之余，也表明了败不馁的道理，是颇有积极意义的。吟诵中要表达出百折不挠精神，语调坚定有力。“儿”字叶音为“ní”。

焚书坑[①]

章　碣

竹帛[②]烟销帝业虚，关河[③]空锁祖龙居[④]。

坑灰未冷山东[⑤]乱，刘项[⑥]原来不读书。

注释

① 焚书坑：秦始皇焚书处，故址在今陕西省临潼区南骊山上。

② 竹帛：代指书籍。

③ 关河：函谷关和黄河，代指险固的地理形势。

④ 祖龙：代指秦始皇。

⑤ 山东：指崤山之东。一说太行山之东。

⑥ 刘项：刘邦和项羽。

译文

焚书的烟雾刚刚散尽，秦始皇的帝业也随着灭亡，函谷关和黄河天险也守不住秦始皇的故国旧居。焚书坑的灰烬还没冷却，山东的群雄已揭竿起义，起义军的领袖刘邦和项羽原来都不读书。

赏析与吟诵

这首诗就秦末动乱的局面，对秦始皇焚书的暴虐行径进行了辛辣的嘲讽和无情的谴责。

末句抒发感慨，“书”未必就是祸乱的根源，“焚书”也未必就是巩固子孙帝王万世之业的有效措施。吟诵时要表现出作者的讽刺，情感要鲜明。

南园[1]十三首（其五）

李 贺

男儿何不带吴钩[2]，收取关山五十州[3]。
请君暂上凌烟阁[4]，若个[5]书生万户侯[6]？

注释

① 南园：李贺昌谷故居读书之处。

② 吴钩：吴地出产的弯形的刀，此处指宝刀。

③ 五十州：指当时被藩镇割据的山东、河南、河北五十余州郡。

④ 凌烟阁：唐代旌表二十四位功臣的殿阁。

⑤ 若个：哪个。

⑥ 万户侯：受封食邑达万户的侯爵，借指高官厚禄。

译文

男子汉大丈夫为什么还不带上那吴钩，去收复被藩镇割据的关塞河山五十州。请你且登上那画有开国功臣的凌烟阁，有哪个书生曾被封为食邑万户的侯爵？

赏析与吟诵

本诗表达了作为一个落魄失意的文人，想要弃文从武、成就功名的愿望。

这首诗由两个设问句组成，顿挫激越，直抒胸臆，是七绝中别开生面之作。吟诵时要语调慷慨，感情激越。

过华清宫[1]绝句三首（其一）

杜　牧

长安回望绣成**堆**[2]，山顶千门次第**开**。

一骑红尘[3]妃子笑，无人知是荔枝**来**。

注释

① 华清宫：唐代皇帝行宫，故址在今西安市临潼区南骊山上。

② 绣成堆：指骊山右侧的东绣岭与左侧的西绣岭。

③ 红尘：骑马奔跑扬起的尘土。

译文

从长安远望骊山，景色非常秀美，山顶上的宫门依次地打开了。驿马奔驰神速，杨贵妃欣然一笑，无人知道是她心爱的荔枝远道运来。

赏析与吟诵

杨贵妃喜食荔枝，史书便有记载。这首诗是诗人经过骊山华清宫时有感而作的。通过一个简单的画面，揭露了唐玄宗为讨杨玉环的欢心而无所不为的荒唐之举。

全诗语言平易，朴素自然，含蓄有力，讽刺意味溢于言表，是唐人咏史绝句中的佳作。吟诵时要展露出愤懑讥讽的口吻。

赤壁

杜　牧

折戟[1]沉沙铁未**销**，自将磨洗认前**朝**。

东风不与周郎[2]便，铜雀[3]春深锁**二乔**[4]。

注释

① 戟：一种古代兵器，合戈、矛为一体，能直刺横击。

② 周郎：指周瑜，字公瑾，后任吴军大都督。

③ 铜雀：即铜雀台，在今河北临漳县西南。

④ 二乔：吴国两美女。大乔嫁给孙策，小乔嫁给周瑜。

译文

赤壁的泥沙中埋着未锈尽的断戟，自己磨洗后发现是三国时期的兵器。倘若不是东风给周瑜提供了方便，二乔就要被关在铜雀台里了。

赏析与吟诵

这是杜牧写的一首咏史诗。诗人以设问的方式，对战争的结局进行了想象，抒发吊古之思，寓托了时世兴亡之感及自身壮志难酬的慨叹。

全诗小中见大，意境深沉，读来令人感慨。吟诵时语调要深沉，入声字读短音。

剑客[①]

贾　岛

十年磨一剑，霜刃[②]未曾试。
今日把示君[③]，谁有不平事？

注释

① 剑客：行侠仗义的人。

② 霜刃：剑锋亮如白霜，十分锋利。

③ 把示君：拿给您看。

译文

用了十年的功夫磨制出一把宝剑，剑刃寒光闪闪却还没有用过。今天把它拿给您看，请告诉我谁有不平的事要伸张。

赏析与吟诵

贾岛诗思奇僻。这首诗却率意造语，直吐胸臆，给人别具一格的感觉。

诗人以剑客的口吻着力刻画“剑”和“剑客”的形象，托物言志，抒写自己兴利除弊的政治抱负。吟诵时要将诗人急欲施展才华，干一番事业的壮志豪情表达好。

致酒[①]行[②]

李　贺

零落栖迟一杯**酒**，主人奉觞[③]客长寿[④]。
主父[⑤]西游困不归，家人折断门前**柳**。
吾闻马周[⑥]西作新丰**客**，天荒地老无人识。
空将笺上两行书，直犯龙颜请恩**泽**[⑦]。
我有迷魂[⑧]招不**得**，雄鸡一声天下白。
少年心事当拿云[⑨]，谁念幽寒坐呜**呃**[⑩]。

注释

① 致酒：劝酒。

② 行：乐府诗的一种体裁。

③ 奉觞：举杯敬酒。

④ 客长寿：敬酒时的祝词，祝身体健康之意。

⑤ 主父：即主父偃。其上书言事，被汉武帝采纳，当上了郎中。

⑥ 马周：唐太宗时人，少孤，家贫，后当了高官。

⑦ 恩泽：皇帝的垂青。

⑧ 迷魂：这里指执迷不悟。

⑨ 拿云：比喻高昂的志趣。

⑩ 呜呃：悲叹。

译文

我潦倒穷困漂泊落魄，唯有借酒消愁，主人持酒相劝，并祝身体健康。当年主父偃向西入关，资用困乏滞留异乡，家人思念折断了门前的杨柳。我听说马周客居新丰时，天荒地老无人赏识。后来只凭纸上几行字，就博得了皇帝的垂青。我虽然落魄羁旅，抑郁彷徨，但是雄鸡一叫天下大亮。少年应该有凌云壮志，谁会怜惜你困顿独处，唉声又叹气呢。

赏析与吟诵

这首诗写诗人客居长安，求官而不得的困难处境和潦倒感伤的心情。全诗分三层，每四句为一层，转折跌宕，起伏顿挫。

吟诵中注意末两句要音情激越。

出塞①

王昌龄

秦时明月汉时关，万里长征人未还。
但使②龙城飞将③在，不教胡马④度阴山。

注释

① 出塞：古代乐府诗中的一种军歌。塞，指边境上的要塞。

② 但使：只要。

③ 飞将：指汉武帝时名将李广。这里指英勇善战的将领。

④ 胡马：指匈奴的军队。

译文

依旧是秦汉时的明月和边关，但是离家万里的将士却不能回还。如果有李广那样的将军立马阵前，一定不会让敌人越过阴山。

赏析与吟诵

诗人在平和流畅的语言里豪迈地表达了战士们的雄心壮志，也表达了对和平生活的渴望。

全诗凝练而明快，被推为唐人七绝的压卷之作，也是盛唐边塞诗中的名篇。吟诵中要将边塞战士的壮志豪情表现出来，声调要高昂有力。

使至塞上

王　维

单车欲问边①，属国②过居延③。
征蓬④出汉塞，归雁入胡天。

大漠孤烟直，长河[5]落日圆。

萧关[6]逢候骑[7]，都护[8]在燕然[9]。

注释

① 问边：指到边疆去慰问守边官兵。

② 属国：典属国的简称。秦汉时的官名，这里指作者自己。

③ 居延：古县名，故城在今内蒙古额济纳旗北。

④ 征蓬：随风飘飞的蓬草，此处为诗人自喻。

⑤ 长河：黄河。

⑥ 萧关：古关名，在今宁夏固原市东南。

⑦ 候骑：骑马的侦察兵。

⑧ 都护：边疆重镇都护府的长官，这里指边关统帅。

⑨ 燕然：即今蒙古国杭爱山，这里借指最前线。

译文

我轻车简从要去慰问边关将士，去的地方远过居延。我像蓬草飘出了汉塞，像归雁飞入了北方的天空。大漠中孤烟直上，黄河边落日正圆。走到萧关恰好遇上骑马的侦察兵，原来守将正在燕然前线。

赏析与吟诵

诗人名义上是出塞宣慰，实为受到排挤，被逼无奈。诗中以“征蓬”“归雁”自况，抓住沙漠中壮观景象进行了刻画，给人以身临其境、遐想不尽的感觉。

“大漠孤烟直，长河落日圆”一联笔力苍劲，意境雄浑，被王国维赞为“千古壮观”的名句。吟诵中要将诗人漂泊天涯的无奈和孤寂

之情抒发出来。

子夜吴歌四首（其三）

李　白

长安一片月，万户捣衣[①]声。
秋风吹不尽，总是玉关情[②]。
何日平胡虏[③]，良人[④]罢远征。

注释

① 捣衣：把衣料放在石砧上用棒槌锤击，使衣料绵软以便裁缝。

② 玉关情：指捣衣女子们对玉门关外守边丈夫的关切之情。

③ 平胡虏：平定侵扰边境的敌人。

④ 良人：古代妇女对丈夫的称呼。

译文

长安城上一片明月，千家万户都传来阵阵的捣衣声。秋风吹不尽的是思妇们对玉门关外的绵绵思念之情。何时才能扫平敌人，夫君从此不再远征。

赏析与吟诵

这首诗先写景后抒情，情景交融，语言朴素自然，真切感人。

诗的末两句，可谓是诗外有诗，意境深远，是思妇情感的升华，也是诗歌内容的深化，表现了思妇对胜利的祈祷及对和平幸福生活的憧憬。吟诵时要将思念之情抒发好，入声字读短音。

塞上曲二首（其二）

戴叔伦

汉家旌帜[1]满阴**山**，不遣[2]胡儿匹马**还**。

愿得此身长报国，何须生入玉门**关**。

注释

① 旌帜：旌旗。

② 遣：让，允许。

译文

我巍巍大唐的旌旗在阴山飘扬，敌人胆敢来犯定叫他有来无还。作为臣民我愿以此身终生报效国家，大丈夫建功立业何须活着返回家园。

赏析与吟诵

诗的上联写汉家重兵接敌，下联引班超“但愿生入玉门关”典故入诗，表达了满腔的报国热情。

吟诵尾联时要激昂慷慨。

塞下曲四首（其三）

卢　纶

月黑雁飞**高**，单于[1]夜遁[2]**逃**。

欲将[3]轻骑[4]逐，大雪满弓**刀**。

注释

① 单于：匈奴的首领，这里指入侵者的最高统帅。

② 遁：逃走。

③ 将：率领。

④ 轻骑：轻装快速的骑兵。

译文

夜静月黑群雁飞得很高，单于带领部众趁黑夜悄悄地逃跑了。正要带领轻骑兵去追赶，大雪纷飞落满弓刀。

赏析与吟诵

诗由写景开始，且是意中之景，寥寥五字，既交代了时间为冬季，又烘托出战前的紧张气氛。末句“大雪满弓刀”是对严寒景象的描写，突出表达了战斗的艰苦性和将士们奋勇的精神。

全诗虽然没有直接写激烈的战斗场面，但留给了读者广阔的想象空间，营造了诗歌意蕴悠长的氛围。吟诵时语气要坚定，入声字读短音。

从军行

杨　炯

烽火[①]照西**京**[②]，心中自不**平**。
牙璋[③]辞凤阙[④]，铁骑绕龙**城**。
雪暗凋旗画，风多杂鼓**声**。
宁为百夫长[⑤]，胜作一书**生**。

注释

① 烽火：古代边境发生战争地用以报警的信号。

② 西京：指长安。

③ 牙璋：古代调兵所用的兵符，两块合成，朝廷和主帅各执一半，嵌合处为牙状。这里指奉命出征的将帅。

④ 凤阙：汉武帝所建的建章宫上有铜雀，故称凤阙。这里代指皇宫。

⑤ 百夫长：一百个士兵的头目，泛指下级军官。

译文

报警的烽火传到了长安，战士的胸怀哪能平静。军令下达将帅奉命出征，铁骑滚滚包围了敌方龙城。大雪使军旗上的绘画模糊不清，呼啸的寒风杂伴着战鼓之声。我宁做百夫长冲锋陷阵，也不耐守笔砚做个书生。

赏析与吟诵

这是一首描写出征疆场、投笔从戎的边塞诗。诗中表现了出征的将士顶风冒雪，在战鼓激励下奋勇杀敌的悲壮场面，给人以一往无前的气势。

尾联直抒胸臆，表达了爱国豪情和尚武精神。吟诵时语调坚定有力，要突现出书生强烈的爱国激情和战士们气壮山河的精神风貌。

从军行七首（其四）

王昌龄

青海[1]长云暗雪山[2]，孤城遥望玉门关。
黄沙百战穿金甲[3]，不破楼兰[4]终不还。

注释

① 青海：指青海湖。

② 雪山：指甘肃省的祁连山。

③ 穿金甲：护身的金属铠甲被磨穿。

④ 楼兰：这里泛指当时骚扰西北边疆的敌人。

译文

青海湖上空的阴云遮暗了雪山，在孤城上我遥望着远方的玉门关。塞外的将士身经百战磨穿了盔甲，不消灭进犯之敌誓不回来。

赏析与吟诵

诗人在上联描绘了一幅壮阔苍凉的边塞风景，概括了西北边陲的状貌。下联直接抒情，抒发了身经百战的将士豪壮的誓言。

吟诵中要将戍边将士豪情壮志抒发得铿锵有力，语调要激昂慷慨。

凉州词

王之涣

黄河远上白云间，一片孤城万仞[1]山。
羌笛[2]何须怨杨柳[3]，春风不度玉门关。

注释

① 仞：古代的长度单位，一仞相当于七尺或八尺。

② 羌笛：一种乐器。

③ 杨柳：指古笛曲《折杨柳》。

译文

黄河似乎从天上而来，又延伸到白云中去，凉州城就在万仞高山上。何必用羌笛吹起那哀怨的《折杨柳》去埋怨春光迟迟不来呢，原来玉门关一带春风是吹不到的啊！

赏析与吟诵

这首诗展示了古代凉州一带旷阔悲凉的景象。末句运用暗喻的手法，批评朝廷对边防士兵漠不关心，同时也寄托了诗人的同情。

全诗意境开阔，气势雄浑，构思新颖，慷慨悲凉，在当时已脍炙人口，后人更推为唐人七绝的压卷之作。吟诵时要表现出悲凉慷慨的气象，入声字读短音。

凉州词

王　翰

葡萄美酒夜光**杯**[①]，欲饮琵琶马上**催**[②]。

醉卧沙场君莫笑，古来征战几人**回**？

注释

① 夜光杯：指制作精美的酒杯。

② 催：催人出征。

译文

甜美的葡萄酒斟满了夜光杯，正想畅饮，耳边传来琵琶曲催促大家出征。如果醉倒在沙场上请不要见笑，自古出征有几人能活着回来？

赏析与吟诵

此诗描写了边塞军营将士豪饮的场面，既有谐谑的语调，又有悲凉的气氛，是一篇盛唐时边塞诗的力作。

诗人以激昂的笔触、激越的音调、豪丽的词语，抒发了将士积极奔放的热情，并带有厌战的情绪。吟诵时要将戍边将士热烈豪放的情感和置生死于度外的旷达表现出来。

雁门太守行[①]

李　贺

黑云[②]压城城欲摧，甲光[③]向日金鳞[④]**开**。
角[⑤]声满天秋色里，塞上燕脂[⑥]凝夜**紫**。
半卷红旗临易水[⑦]，霜重鼓寒声不**起**。
报君黄金台[⑧]上意，提携玉龙[⑨]为君**死**。

注释

① 雁门太守行：古乐府诗题。

② 黑云：厚厚的乌云，这里指攻城敌军的气势。

③ 甲光：铠甲迎着太阳闪出的光。

④ 金鳞：形容铠甲闪光如金色鱼鳞。

⑤ 角：古代军中一种吹奏乐器，也是古代军中的号角，多用兽角制成。

⑥ 燕脂：即胭脂，这里喻血迹。

⑦ 易水：河名，源出今河北省易县。

⑧ 黄金台：故址在今河北省易县东南，相传为战国燕昭王所筑，置千金于台上以招揽人才。

⑨ 玉龙：指一种珍贵的宝剑。

译文

敌军似乌云压境，危城似乎要被摧垮，阳光照射在鱼鳞一般的铠甲上，金光闪闪。号角的声音在这秋天里响彻天空，塞上泥土中将士的血迹犹如胭脂凝成，夜色中浓如紫色。寒风卷动着红旗，军队悄悄地靠近易水，凝重的霜湿透了鼓皮，鼓声低沉。为了报答国君的赏赐和厚爱，我手持宝剑甘愿为国血战到死。

赏析与吟诵

李贺诗设色鲜明浓艳，想象丰富奇特。诗的前四句写日落前的情景。“黑云压城城欲摧”，一个“压”字，把敌军人马众多、来势凶猛以及交战双方力量悬殊、守军将士处境艰难等等，淋漓尽致地揭示出来。后四句写唐军将士夜袭敌营，以死报效朝廷。

吟诵中要将守边将士誓杀敌人的悲壮与视死如归表现出来。

己亥岁[1]二首（其一）

曹 松

泽国[2]江山入战图，生民何计乐樵渔。
凭君莫话封侯事，一将功成万骨枯。

注释

① 己亥岁：指唐僖宗乾符六年（879年），镇海节度使高骈遣将分道阻击黄巢起义军，人民流离失所，死伤遍地。

② 泽国：指江汉流域一带。因湖泽星罗棋布，故称。

译文

大片的水乡江山都已绘入战图，百姓想要打柴捕鱼度日而不得。请你不要再提封侯的事情了，一将功成要牺牲多少士兵和无辜百姓的生命啊。

赏析与吟诵

这首即事抒怀的诗篇是对因政治黑暗而导致的战乱的谴责，也表露了对农民起义惨遭镇压的同情。诗的前两句虽然笔调轻描淡写，字里行间却有斑斑血泪。

全诗委婉曲折，寓意深刻，末句更是一篇之警策，发人深思。吟诵时要将诗中斑斑血泪痛诉出来。

后 记

中国是诗的国度。世界上没有哪一个国家像中国一样拥有多如繁星的诗人和诗作。在千古流传的古代文学经典中，诗词特别是唐诗宋词是最为夺目的两颗明珠。“诗言志”“词缘情”。诗词里表现出诗人们的高尚爱国情操，飞扬着他们的凌云壮志，记载着他们的悲欢离合，传递着他们的喜怒哀乐。同时，也渗透了他们对人生的思考，对生活的体验。

吟诗和唱歌，这是古人的生活常态。古代的农民可以即兴唱歌，古代的文人可以即兴吟诗。每天作诗，每天吟诗，这是古代文人的生活方式。今天当我们失去这种生活方式的时候，我们还能理解古诗词吗？作为一个中国人，对古诗词特别是唐诗宋词不去学习欣赏、不去吟诵，应该是人生的一种遗憾。

吟诵目前尚在起步恢复阶段，许多问题还要深入探索。经过两年多的努力，在古诗词的瀚海里，终于撷取了一颗海贝。《唐诗吟诵基础》和《宋词吟诵基础》付梓之际，了却了我们一个小小的心愿，要让古诗词走进当代更多人的心里。虽然这是一家之言，我们的研究还有不足之处，但面对祖国的传统文化，时常怀着敬畏之心前行，希望更多人来保护和发掘它。

首都师范大学青年吟诵家徐健顺教授，百忙之中抽出宝贵时间审定了全书，同时撰写了序言，这是对我们的最大关心和支持。在此，

深表谢忱！

枣庄市关工委常务副主任高庆喜、副主任许新泉二位领导给予了很多关心和鼓励，在此致以诚挚的谢意。枣庄华润纸业有限公司董事长张辉、总经理孙晋湘对本书的出版给予了大力支持。枣庄市人大常委会原秘书长刘汝良、山东省润丰商务有限公司董事长甘信亮也给予了支持和帮助。在此一并表示感谢。

十多年来，徐健顺教授率领的团队从事吟诵抢救传承工作，取得了很大的成绩，并得到中央有关领导的关心支持和社会的认可，相信在不远的将来，吟诵一定会全面走进校园，走进我们的生活。

最后，用徐健顺老师的一句话共勉：愿吟诵复兴，古诗文复兴，中华文化复兴！

王长海　甘以诺

2020年5月1日